Zu diesem Buch

Der ehemalige Hamburger Innenstadtbewohner und Junghotelier Karl Kolberg, genannt Karlo, versucht seit zwei Jahren, sich in dem Hamburger Dorf Curslack einzuleben. Sein Gesangverein „Gaudi“, alljährliche Festumzüge und auch die Fremdsprache Plattdeutsch gehören bald zu seinem Alltag. Als der Italiener Flavio Mantova in seinem Hotel absteigt und kurz darauf verschwindet, gerät Karlo in einen Strudel von seltsamen Ereignissen, Verdächtigungen und illegalen Machenschaften. Seine resolute Hausdame Erne, Frauenliebling Pastor Christian Himmel, Schulfreund Tobias und nicht zuletzt die unglaubliche Gianna begleiten ihn bei seinen unverhofften Ermittlungen, die ihn mit einem der dunkelsten Kapitel der neueren deutschen Geschichte konfrontieren. Am Ende muss Karlo sogar um sein Leben fürchten.

Zur Autorin

Schon immer hat sich Silke Schopmeyer für Menschen interessiert, die eine andere Sprache sprechen, anders essen, anders leben. Deshalb verbrachte sie längere Zeit in England, Frankreich, Spanien und in Italien. Die Autorin lebt mit ihrer Familie dort, wo in Hamburg die Sonne aufgeht. Deich Mortale ist ihr erster Roman.

Deich Mortale

Silke Schopmeyer

Roman

Lektorat: Anja Schäfer

Cover: Ethylyn Stanzione

ISBN 978-3-00-044860-7

*"Wer sich nicht an die Vergangenheit erinnert,
ist dazu verdammt, sie zu wiederholen."*

George Santayana

1. Im Schilf

Feucht und glitschig fühlte sich der Rasen unter seinen Schuhen an. Hauslose Schnecken zogen auf den niedergetrampelten Grashalmen ihre Schleimspur. Mit müden Schritten schlurfte Karl Kolberg an dem rotgeklinkerten Gebäude vorbei. Die vorletzte Nacht steckte ihm noch in den Knochen. Froh über ein wenig Ablenkung hatte er diesem Treffen am frühen Dienstagmorgen zugestimmt. Wenigstens für ein paar Stunden konnte er sich so Ernes sorgenvollem Gesicht entziehen. Mehrere Computerausdrucke mit den Rennergebnissen einer vergangenen Ruderregatta hingen im Schaukasten. Entfernt vernahm er das Zuschlagen einer Autotür. Angestrengt blinzelte er in die Morgensonne, die das sanft grüne Gelände der Wassersportstätte in ein friedvolles Licht tauchte. Ein Blick auf den Steg zeigte ihm, dass der schmale gelbe Zweier bereits abgelegt hatte. Das rote Begleitmotorboot lag noch da.

„Morgen Karl." Nur wenige sprachen ihn noch so an. Bei allen anderen hieß er Karlo. „Na, konntest du dein Luxushotel so früh schon alleine lassen?"

„Das ist bei Erne in guten Händen!"

Mit einem gekonnten Satz sprang er zu seinem Vater ins Boot. Souverän warf Dieter Kolberg den Motor an, um kurz darauf abzulegen. Nachdem sie eine Holzbrücke unterquert hatten, folgte das Motorboot dem Doppelzweier, der ruhig durchs Wasser glitt. Bald waren die Männer auf gleicher Höhe angelangt.

„Hi Bine, alles klar?", rief Karlo zum Boot herüber.

„Klaro Karlo!", schrie seine jüngere Schwester zurück. „Jetzt zeigen wir dir mal, wie man richtig rudert!"

„Hallo Mandy!", begrüßte er Sabines Partnerin, die nur kurz die Hand hob.

Mit tiefer sturmerprobter Stimme rief Trainer Dieter Kolberg seine Anweisungen in ein Megafon:

„So, meine Damen, wir haben viel vor. Die Qualifikation ruft. Die Konkurrenz schläft nicht. Jetzt zeigt mal, was ihr könnt!“

Kraftvoll glitt das Boot durch das Wasser, ohne dass die Heckspitze beim Einsetzen der Blätter ruckartig im Wasser abtauchte. Karlo war beeindruckt. Das war Rudern in höchster Vollendung. Sabine atmete bei jedem Schlag prustend aus. Mandy gab mit dem Durchzug ein lautes Stöhnen von sich. Ihre blonden Pferdeschwänze wippten im Takt. Nachdem sie die Ziellinie erreicht hatten, wurden die Mädchen vom Trainer angewiesen, sich vor der nächsten Einheit noch locker auszurudern. Sie manövrierten ihren Zweier unter einer Brücke hindurch und folgten dem Flusslauf.

Karlo saß auf der Bank im Boot und ließ die Morgenstimmung in dieser idyllischen Gegend auf sich wirken. Vielleicht sollte er seinen neuen Schwarm mit einer Bootsfahrt wieder besänftigen? Auf der einen Uferseite weidete eine Kuhherde auf sattem Grün. Dichtes Schilf umrahmte das stille Gewässer. Die einzigen Störgeräusche kamen vom Motor des Bootes und aus der rauen Kehle des Vaters, der die Ruderinnen in Abständen korrigierte.

„Ruhig rollen! Früher aufdrehen Mandy! Ja, so ist’s gut!“ Anerkennend drehte er sich zu seinem Sohn um. „Die haben echt was drauf, die Mädels.“

Karlos Vater hatte früher zu den Ruderern gezählt, die Frauenrennen als willkommene Pause zum Bierholen ansahen. Deshalb wollte er eigentlich auch nie das weibliche Geschlecht trainieren. „Rennen im Fraueneiner: Da sind sechs Teilnehmerinnen am Start. Sechs kommen ins Ziel. Alle heulen. Fünf weil sie verloren haben. Eine weil sie die Siegerin ist. Soll ich mir das antun?“ Die Erfolge seiner eigenen Tochter belehrten ihn bald eines besseren.

„Die haben den richtigen Biss! So wie wir damals in unserem Achter in Luzern."

Innerlich stellte sich Karlo schon auf eine der alten Erfolgsgeschichten seines Vaters ein. Mehr als dreißig Jahre her aber nach wie vor präsent. Sie waren schon echte Helden, die Männer des Ratzeburger Achter - nur ganz knapp geschlagen von den Russen! Während der Vater in Erinnerungen schwelgte, bemerkte sein Sohn, dass sich die Bugfrau einmal zu wenig umgesehen hatte, und das Boot Kurs auf eine mit dichtem Schilf bewachsene Einbuchtung am Ufer nahm. Das brachte auch Dieter Kolberg wieder in die Gegenwart zurück.

„Mensch Mädel, du musst doch gucken, was hinter dir los ist! Wir sind hier nicht im Betonbecken!" Der Trainer war ungehalten über jeden dummen Fehler.

Karlo sah den beiden dabei zu, wie sie versuchten, sich aus dem Schilf zu befreien. Da entdeckte er etwas Ungewöhnliches in dem Grün. War das nicht ein Seidenschal? Das rot-braune Muster kam ihm bekannt vor.

„Sabine, kommst du an den Schal da ran?"

Die Augen der Schwester folgten seinem ausgestreckten Arm. Sie versuchte, den Stoff mit ihrem Ruderblatt anzuheben. Plötzlich entfuhr ihr ein spitzer Schrei:

„Oh, mein Gott!"

Karlo sah ihrem entsetzten Blick hinterher und erkannte schließlich die Umrisse eines menschlichen Körpers, der mit dem Gesicht nach unten an dem Stofffetzen hing. Bis auf unzählige Leichen im Fernsehen hatte er noch nie eine in natura gesehen. Entsetzt blickte er sich um. Und wenn da noch mehr im Wasser lagen? Einen kleinen Moment lang erinnerte er sich an einen Film, in dem Wassergeister die Insassen kleiner Fischerboote in die Tiefe gezogen hatten. Er wischte den Gedanken schnell weg und schaute auf die erstarrten Ruderinnen.

Die beiden zuvor noch rot geschwitzten Gesichter der Frauen hatten in kürzester Zeit eine blasse Färbung angenommen. Selbst Sabine war die Bräune aus dem Gesicht gewichen. Wie ein kleines Mädchen, das einen toten Vogel im Garten gefunden hatte, sah sie hilfesuchend ihren Vater an.

Der fand als erster die Fassung wieder und redete mit ruhiger aber bestimmter Stimme auf seine Schützlinge ein: „Meine Damen, wir rudern jetzt ganz in Ruhe zurück. Denkt nicht weiter über die Sache hier nach. Darum wird sich die Polizei kümmern."

Wie vom Blitz getroffen, griffen die Sportlerinnen wieder zu ihren Ruderblättern und fingen mechanisch an, sie zu bewegen. Ihre Augen waren noch immer stark geweitet vor Entsetzen.

„So was können wir jetzt überhaupt nicht gebrauchen, in zwei Wochen müssen wir durch die Qualifikation!", presste Trainer Kolberg leise hervor.

„Schon klar, Papa."

Zurück auf festem Boden eilte Karlo sofort zu seinem Auto, in dem er sein Handy liegengelassen hatte, und verständigte die Polizei. Danach meldete er sich auch noch bei seiner Angestellten Erne im Hotel, um ihr mitzuteilen, dass es später werden könnte. Von der Leiche sagte er ihr noch nichts. Er musste erst mal seine Gedanken ordnen. Hatten Ernes Sorgen am Ende doch ihre Berechtigung?

Nach ungefähr einer halben Stunde fuhren zwei Polizeiautos sowie ein Kastenwagen mit Anhänger auf dem großen Parkplatz vor. Von dem Anhänger wurde ein großes Schlauchboot abgeladen und drei Männer in Trainingsanzügen liefen mit schnellen Schritten in Richtung Wasser. Nachdem sie sich noch kurz von Karlo die Fundstelle hatten beschreiben lassen, streiften sich zwei von ihnen Taucheranzüge über und setzten sich umgehend in das Boot. Sie fuhren jedoch nicht sofort los, sondern schienen auf etwas zu warten. Kurz darauf hielt ein dunkelblauer Audi mit getönten Scheiben auf dem Parkplatz. Ein Mann in Karlos Alter stieg aus und eilte mit staksigen Schritten, die an Storch oder Reiher erinnerten, zu seinen Kollegen. Äußerst unbeholfen stieg der Nachzügler ein und einer der Bootsinsassen ließ den Außenbordmotor an. Von der rasanten Anfahrt überrumpelt, riss es den Audifahrer fast um.

Nach einer weiteren halben Stunde vernahmen Karlo und sein Vater erneut das Geräusch des Motors, und die Taucher legten wieder beim Regattazentrum an. Mit wackligen Beinen und einer beachtlichen Gesichtsblässe näherte sich der ungeübte Bootsfahrer Vater und Sohn, die auf einer hölzernen Picknickbank vor dem rotgeklinkerten Gebäude des Leistungszentrums saßen.

„Guten Tag die Herren, Spannich mein Name, Kommissar Spannich." Umständlich nahm er neben Karlo Platz. Mit einstudiert wirkenden Bewegungen zog er ein schwarzes Notizbuch aus der Manteltasche seines Trenchcoats, rückte sich mit zwei Fingern seine Nickelbrille zurecht und zückte einen silbernen Kugelschreiber. „Sie haben also eine leblose Person im Schilf aufgefunden. Darf ich fragen, was Sie auf dem Wasser zu tun hatten?"

Nachdem sich Karlo und sein Vater per Augenkontakt auf ihn als Berichterstatter geeinigt hatten, schilderte der Jüngere kurz, was vorgefallen war.

An einigen Stellen unterbrach der Kommissar seine Ausführungen mit knappen Fragen: „Ach ja?" – „Im Schilf?" – „Woher wissen Sie das?" – „Gleich zurückgepaddelt?"

Im Verlauf des Gesprächs beschloss Karlo, dass ihm dieser Spannich unsympathisch war. Das mochte zum Teil an dessen akkurat gezogenem Seitenscheitel liegen, der die dünnen leicht fettigen Haare in zwei ungleiche Hälften teilte. Kein Mann Anfang dreißig trug freiwillig so eine Frisur! Am unangenehmsten jedoch war Karlo die penible Emotionslosigkeit des Polizisten. Natürlich hatte ein Kommissar ständig mit Leichen zu tun und konnte nicht immer echte Betroffenheit zeigen. Aber dieser Mensch hier war ihm eine Spur zu sachlich-forsch. So ein Verhalten degradierte jeden Toten zum gesichtslosen Objekt. Außerdem fühlte sich Karlo schon nach kürzester Zeit wie ein potenzieller Verdächtiger.

Mittlerweile hatten Spannichs Kollegen das Schlauchboot wieder aus dem Wasser gezogen. Auf einer nahegelegenen Holzbrücke stand ein Spaziergänger und beobachtete das Geschehen. Einer der Taucher näherte sich den drei Männern, um dem Kommissar etwas ins Ohr zu flüstern. Dieser nickte nur und wandte sich mit bedeutsamer Miene an seine beiden Gesprächspartner:

„Dürfte ich die Herren bitten, mir zu folgen?“ Umständlich zerrte er seine langen Beine eines nach dem anderen aus der Bank. Karlo und sein Vater taten es ihm gleich und trotteten dem wehenden Trenchcoat hinterher.

Da lag er im Gras. Auf dem Rücken. Neben ihm krochen ein paar hauslose Schnecken. Der Körper war etwas aufgedunsen, aber trotzdem konnte Karlo nicht nur an dem Schal erkennen, dass dies der verschwundene Flavio Mantova war.

2. Vor einer Woche im Zug - *nel treno*

Flach. Seit ein paar Stunden war dort draußen alles so flach. Eine einzige Ebene, die sich über unzählige Felder unterschiedlicher Größe und Farbe verteilte. Er mochte keine flache Landschaft. Bäume, Felder, Bäume, Felder, mal ein Dorf, selten eine Stadt. Viele Dörfer waren in die Ebene gebaut. Bei ihm zu Hause, da lebten die Menschen oben auf Hügeln und blickten ins Tal herunter. Zur besseren Verteidigung. Früher. Trotzdem sah die Umgebung in der hellen Maisonne hübsch aus, fast idyllisch, aber hätte er es sich so vorgestellt? Wenn er ehrlich zu sich selbst war, dann hätte er überhaupt keine grüne Landschaft zwischen den Städten erwartet. In seinen Gedanken hatte es hier nur Städte gegeben. Eine einzige graue Stadt mit unzähligen rauchenden Fabrikschornsteinen. So wie Mailand oder Turin. Ein riesengroßes Mailand oder Turin mit noch mehr Fabriken, noch mehr Grau, noch mehr Autos und noch mehr Beton.

Bis zu dieser unverhofften Reise hatte er nie besonders viel über dieses Land nachgedacht. Germania. Deutschland. An so vielen Orten war er gewesen – Frankreich, Spanien, auf einer Busreise in Prag und sogar einmal bei einem Cousin in Amerika - aber nie in Germania. Dieses Land und seine Menschen hatten ihn nie sonderlich interessiert. Das war vielleicht nicht ganz fair, weil i Tedeschi, die Deutschen, die vor allem in den Sommermonaten seinen Laden aufsuchten, eher zu den angenehmeren Kunden gehörten. Auch wenn sie sich oft schlecht kleideten. Bevor sie den Mund aufmachten, konnte er ihre Nationalität bereits an den Schuhen ablesen. Nach seiner Erfahrung trug die überwiegende Mehrheit der Tedeschi furchtbare Schuhe, wenn sie seinen Laden betraten. Man unterhielt sich dann vorwiegend auf Englisch. Manche der Kunden sprachen sogar ganz passabel italienisch. Bis auf oberflächliches Wettergeplänkel ließ er die Gespräche jedoch nie über das Geschäftliche hinausgehen. Schließlich waren es Stranieri. Nein. Nach Germania musste er nie. Warum auch? Vor vielen Jahren waren einige seiner Nachbarn, Verwandte, Freunde in dieses Land ausgewandert, um dort zu arbeiten. Bei Heimatbesuchen erzählten die Emmigrati dann beeindruckt von den breiten Straßen und den großen Autos. Voller Stolz sprachen sie von riesigen Fabriken. Leiser beschrieben sie die harte Arbeit darin. Nur mit halbem Ohr hatte er damals den Geschichten aus der Ferne gelauscht. Er hatte in dem kleinen Schuhgeschäft im Zentrum von Perugia als Verkäufer angefangen. Sein bescheidenes Gehalt reichte immer gerade für die Bedürfnisse seiner Frau Paola und der beiden Töchter Anna-Rita und Roberta. Zumindest konnten sie in Italien bleiben.

Die Mamma hatte nie über Germania gesprochen. Dieses Land dort oben jenseits der Alpen existierte einfach nicht in ihrem Wortschatz. Bis zu dem einen Morgen. Ihrem letzten Tag. Bald darauf fuhr ihr einziger Sohn das erste Mal durch Deutschland. Beklommene Neugier hatte sich in ihm breit gemacht. Die letzten Neuigkeiten hatten alles verändert. Er war noch immer so verwirrt. Alles schien sich seitdem um ihn zu drehen. Wie hatte er nur diese vielen Jahre in Ungewissheit leben können? So viele Jahre! Warum hatte sie ihm nicht früher davon erzählt? Oder für immer geschwiegen?

„In Hannover noch jemand zugestiegen?"

Sein schmächtiger Körper zuckte zusammen. Diese Sprache. Sie klang für ihn stets wie ein Befehl. Sie war hart und es fehlten ihr die Vokale. Bereits seit der italienisch-österreichischen Grenze nahm er eine innerliche Habachtstellung ein. Jetzt bloß keinen Fehler machen!

„Ihre habe ich schon gesehen, danke der Herr." Freundlich lächelte die uniformierte blonde Zugbegleiterin ihn an.

Freundlichkeit. Lächeln. Niemals hätte er damit gerechnet. Ausgerechnet hier. Dafür konnte doch keine Zeit sein in diesem Land. Unsicher lächelte er zurück und steckte seine Fahrkarte wieder in die Innentasche seines perfekt sitzenden braunen Jacketts. Danach rückte er seinen Seidenschal mit dem eleganten braun-roten Paisley-Muster zurecht. Ein Geschenk von Paola zu seinem sechzigsten Geburtstag. Gedankenverloren sah er wieder aus dem Fenster auf die vorbeirauschende Landschaft. Bald würde er sein Ziel erreicht haben.

3. Angekommen

„Deutschland! Das ist Deutschland, wie es leibt und lebt. Deutschland den Bürokraten. Deutschland den Amtsstuten! Deutschland den ohne Geschmack gekleideten und schlecht frisierten Sachbearbeiterinnen! Ich wandere aus! Ich gehe überall hin, nur damit ich das hier nicht mehr ertragen muss!“ Wutschnaubend eilte Karlo direkt auf die Einfahrt seines Nachbarn Peter zu, der dort mal wieder an einem seiner Motorräder herumschraubte.

„Was’n los?“, fragte Peter irritiert nach.

Voller Wucht schoss Karlo eine leere Ölflasche in die gegenüberliegende Hecke. Dabei besprenkelte er sowohl Jeans als auch seine braunen Segelschuhe mit dem letzten Rest Öl aus dem nicht ganz zugeschraubten Behälter.

„Ach, Scheiße! Echt 'n Supertag heute!“, stieß Karlo hervor, während er ärgerlich an sich herunterblickte. „Diese inkompetente Erd-Fels. Die hat mich gefressen. Von Anfang an macht die Frau mir Schwierigkeiten.“

Gelassen wischte sich der Mechaniker an einem karierten Tuch die Hände ab und reichte es herüber. „Warst beim Amt?“

„Stimmt genau!“ Mit hektischen Bewegungen versuchte Karlo die Ölspritzer von seinen Schuhen zu wischen. „Mensch, Peter, jetzt, wo du es sagst ... ich war ja beim Amt und nicht im Kasperletheater der Willkür.“ Er stellte die Säuberungsversuche bald ein und reichte Peter das ölige Tuch zurück.

„Die kannst du echt voll vergessen! Die Typen da beim Amt. Letzte Woche wollte der Baurat mein Motorrad auch nicht durchlassen.“

„Weil du aber auch keine Schraube an ihrem angestammten Platz gelassen hast! Kein Wunder!“, bemerkte Karlo mit nach wie vor verärgerter Miene.

„Fährt sich echt zehn mal geiler so. Lässt sich auch besser verticken.“

„Das mag ja sein, aber die werden schon ihre Gründe gehabt haben. Verkehrssicherheit und so.“ Karlo wollte lieber das Thema wechseln. Er hatte im Moment keine rechte Lust, sich einen weiteren nicht enden wollenden Motoren und Geschwindigkeitsvortrag seines Nachbarn anzuhören. Peter Timmke bestritt einen Großteil seines sehr bescheidenen Lebensunterhalts mit dem Verkauf von wiederhergerichteten ehemals schrottreifen Motorrädern. „Na egal“, setzte Karlo wieder an. „Auf alle Fälle kann ich noch mal mindestens vier Wochen auf die Genehmigung für den Ausbau der oberen Zimmer warten, wenn sie überhaupt noch kommt.“

„Und was ist mit deinen Restaurantplänen? Und der Terrasse?“, fragte Peter, während er sich einige ölverschmierte Haare aus dem ebenfalls öligen Gesicht wischte.

„Da muss noch irgend so ein anderes Amt mitreden. Auf den Bescheid warten die noch. Vielleicht kann ich ja pünktlich zu Weihnachten die Terrasse in Betrieb nehmen. Mit Glühwein und Pfeffernüssen!“

Nach einem Moment des Schweigens, in dem Peter ehrlich versuchte verständnisvoll dreinzuschauen, durchbrach er wie nach einem unverhofften Geistesblitz plötzlich die Stille:

„Da war übrigens vorhin einer hier, wollte wohl ’n Zimmer oder so. Hab’ ich nicht verstanden, war’n Ausländer. Der hat aber auch kaum den Mund aufgemacht.“

„Und was hast du ihm gesagt?“

„Dass er später noch mal wiederkommen soll. Läita, läita.“

„OK. War sonst noch was? Anrufe, Beschwerden, Gewinnbenachrichtigungen ...?“

„Nö. Nur mal wieder so 'ne Firma, die mit der Hausdame sprechen wollte, wegen Putzmittel. Hab` ich abgewimmelt. Kannst dich auf mich verlassen.“ Mit einem souveränen Grinsen reichte er Karlo ein schnurloses Telefon über das Motorrad hinweg.

Etwas zähneknirschend nahm dieser den Apparat entgegen. „Is' O.k. Aber das nächste Mal kannst du vielleicht doch besser die Nummer aufschreiben. Vielleicht will Erne so ein Wundermittel ja mal ausprobieren.“ Er machte Anstalten zu gehen. „Danke noch mal!“ Dabei schwenkte er kurz das Telefon.

„Geht klar, Mann. Bin ja hier.“ Peter winkte seinem Nachbarn noch kurz zu und begab sich wieder in die Hocke.

Mit energischen Schritten ging Karlo um die kleine reetgedeckte Zwei-Raum-Kate herum, in der Peter für wenige Euros im Monat wohnte. Sie befand sich an der Seite eines langgezogenen ebenfalls mit Reet gedeckten alten Bauernhauses. Der Vierländer Hof. Vor zwei Jahren hatte er dieses Haus samt Kate von seiner verstorbenen Tante Elfi geerbt. Elfi hatte vor vielen Jahren Onkel Albert aus Curslack geheiratet. Curslack zählt zu den Vier- und Marschlanden, die auf Hamburger Stadtgebiet im Südosten liegen. Seit mehreren Jahrhunderten gilt dieser Landstrich als der Blumen- und Gemüsegarten Hamburgs. Zu dem Zeitpunkt der Erbschaft war der Vierländer Hof noch kein Hotel gewesen. Trotzdem bot dieses Geschenk für Karlo die langersehnte Chance zur grundlegenden Veränderung. Seit dem BWL-Studium hatte sich sein Leben in der Hamburger Innenstadt abgespielt, wo er mit seiner damaligen Freundin Sophie lebte und äußerst lustlos bei einer Unternehmensberatung arbeitete.

„Hiermit verfüge ich, dass mein Neffe Karl Kolberg mein Haus in Curslack erhalten soll.“ Im ersten Augenblick hatten ihn diese Worte vor den Kopf gestoßen. Was sollte er mit einem Haus, in dem bestimmt drei bis vier Reihenhäuser Platz gehabt hätten, nur anfangen? Beim Stöbern auf dem Dachboden des alten Gebäudes war Karlo schließlich auf eine alte Schwarz-Weiß-Fotografie gestoßen. Eine Familie im Sonntagsstaat stand steif vor der Eingangstür und lächelte verhalten in die Kamera. Über ihnen prangten die Buchstaben „Hotel Vierländer Hof". Als er das sah, wusste Karlo endlich, was er tun wollte. Ein Hotel! Sein Hotel. Ein kleines Hotel auf dem Lande. Gemütlich, familiär, mit erschwinglichen Preisen. Er war von seiner Idee schlichtweg begeistert.

Sophie fand die Aussicht, aufs Land zu ziehen, um dort ein Hotel zu betreiben, nicht besonders verlockend. Außerdem hatte sie bereits andere Pläne.

„Ich wollte es dir ja schon früher sagen, aber da ist diese Agentur in Düsseldorf."

Karlo konnte sich noch gut an die anschließende Szene erinnern, zu der er sich hinreißen ließ. Irgendwann hatte er wutentbrannt das Haus verlassen, um seinen verletzten Stolz und die ungewisse Zukunft bei viel Bier zu vergessen. Nach einer Weile des Nachdenkens musste er sich aber eingestehen, dass ihre Beziehung schon seit längerer Zeit auf so eine Entwicklung zugesteuert war. Auch der rituelle samstägliche Austausch von Zärtlichkeiten konnte nicht darüber hinwegtäuschen, dass von der Leidenschaft der ersten Wochen nicht mehr viel übrig geblieben war.

Nach diesem Schicksalsschlag setzte er seine ganzen Hoffnungen auf die amtliche Genehmigung seiner Pläne. Das größte Problem bestand zunächst darin, das Wirtschafts- und Ordnungsamt der Vier- und Marschlande davon zu überzeugen, in Curslack so etwas Exotisches wie ein Hotel zu genehmigen. Es gab zwar einige Gaststätten mit jeweils zwei bis drei Fremdenzimmern, aber eben kein Hotel. Und die Glanzzeiten des Vierländer Hofs waren lange vorbei. Ihm ging es um die Genehmigung von zwanzig Zimmern, die er laut einem befreundeten Architekten problemlos in seinem großzügigen Gebäude unterbringen konnte. Auf Karlos berechtigte Frage, wo denn die Leute übernachten sollten, die hier im Landgebiet beruflich zu tun hätten, also Vertreter für Blumenzwiebeln, Monteure oder auch Gewächshausbauer antwortete ihm seine mürrische rothaarige Sachbearbeiterin Frau Erd-Fels, dass diese ja wohl ins benachbarte Bergedorf oder gar in Richtung Hamburger Innenstadt fahren könnten.

„Mein Chef, der Herr Prinzling, sagt, dass wir uns da ganz genau an die Vorschriften halten müssen. Schließlich sind wir hier nicht im afrikanischen Busch, wo jeder machen kann, was er will!“

Das Warten hatte bald ein Ende. Nach langen Monaten des Bangens, in denen er bereits voller Optimismus und mit Hilfe eines großzügigen Bankkredits die Umbauarbeiten begonnen hatte, erhielt er endlich die langersehnte Konzession zur gewerblichen Zimmervermietung mit Frühstücksservice. Für zunächst zehn Zimmer. Eine Erweiterung der Konzession werde noch geprüft.

„Na also, das reicht ja erst mal für den Anfang“, konnte Karlo sich bei seinem vorläufig letzten Termin im Amt nicht verkneifen.

Zähneknirschend setzte Frau Erd-Fels ihren Stempel unter das Schriftstück und reichte es ihm mit spitzen Fingern. „Auch wenn wir von Amts wegen unsere Erlaubnis geben. Der Herr Prinzling sieht das Ganze ja völlig anders, globaler eben. Wir wollen unsere schönen Vier- und Marschlanden doch nicht zu einem Vergnügungspark verkommen lassen!“

Karlo war fassungslos. „Mein liebe Frau Erd-Fels, habe

ich bei Ihnen ein Riesenrad oder ein Hotel beantragt?“

„Ja, aber die vielen Fremden, die dann hierher kommen! Haben Sie da noch nie drüber nachgedacht? Das wird nicht ohne Folgen bleiben. Sagt Herr Prinzling.“

„Dann richten Sie Ihrem guten Herrn Prinzling aus, dass sich die Zeiten durchaus ändern können. Auch auf unserem Globus. Auch in den schönen Vier- und Marschlanden. Außerdem können sogenannte Fremde immer eine Bereicherung sein. Und gegen ein bisschen Reichtum haben bestimmt weder die Vierländer noch die Marschländer etwas auszusetzen. Soweit ich als Fremder das beurteilen kann!“

4. Weg

Auch wenn Hans alle Vögel, die den Hof anflogen, gern beobachtete, waren ihm die kleinen braunen Spatzen am liebsten. Ohne groß aufzufallen, lebten sie ihr kleines Leben. Ausgelassen turnten sie auf den Ästen und Sträuchern im Bauerngarten vor dem Haus herum. Oder sie hüpften in kleinen Sätzen über den lehmigen Boden. Den Nestbau erledigten die Spatzen genauso fröhlich zwitschernd wie die Nahrungssuche. Wenn sie dazu keine Lust mehr hatten oder alles erledigt war, flogen sie geschwind davon. Lange sah er ihnen von seiner Bank aus hinterher. Ob sie weit weg flogen? Wie es dort wohl sein mochte?

Er selbst war über die Stadtgrenze nie hinaus gekommen. Immer musste er arbeiten. So viel arbeiten. Ohne Arbeit kein Essen. Schon als kleiner Junge hatte er schwere Säcke mit Saatgut, Erde, Dünger oder anderem Material geschleppt. Und er war doch so schmächtig. Viel schmächtiger als die anderen. Als es noch Vieh gab, mussten die Ställe ausgemistet werden. Von ihm. Wenn er nicht mehr konnte, wurde er ausgelacht oder geschlagen. Oder beides zugleich. Vom Vater oder von seinen Brüdern. Manchmal auch von den großen Jungs in der Schule. Er war nicht wie sie. Er war anders. Keiner half ihm. Die Lehrerin nicht und seine Brüder schon gar nicht. Er ging nicht lange zur Schule. Man brauchte ihn ja auf dem Hof. Mit den Jahren wurde sein Gang immer krummer. Sein Rücken erinnerte immer mehr an einen Bogen. Oder an einen Affen. Wie gerne wäre er ein Vogel, der jederzeit wegfliegen konnte. Wann und wohin er wollte. Einfach davon und keiner würde ihn suchen. Würde man ihn vermissen, wenn er plötzlich nicht mehr da wäre? Mutti wahrscheinlich. Aber wer sonst? Er würde keinem fehlen. Hans wäre einfach weg.

5. Der Name - *il nome*

Zaghaft öffnete er die halb hohe geschwungene weiße Eingangspforte und ging langsam hindurch. Leise quietschend fiel sie wieder in ihr Schloss. Noch unentschlossen blieb er stehen und sah sich um. Mit kleinen Schritten folgte er dem sorgfältig geharkten Weg. Es roch nach frischem Weihrauch und Sommerblumen. Ein paar Vögel zwitscherten in der frischen Frühlingsluft.

Nach der Betrachtung mehrerer Grabmäler begann er sich zu fragen, weshalb es hier keine Fotos auf den Steinen gab. So konnte sich niemand ein Bild von dem Toten machen. Ein gesichtsloser Name hatte doch nur für den Angehörigen eine Bedeutung. Einige der für ihn teilweise unaussprechlichen Namen wiederholten sich. Auch die Blumen auf den Gräbern ähnelten sich sehr. So viele Blumen, aber sie gefielen ihm nicht. Unzählige Nadelbüsche, die teilweise die Sicht auf die Namen versperrten. Und deswegen war er doch hier. Wegen der Namen. Seines Namens. Würde er ihn hier finden? Langsam setzte er seinen Weg fort. Wie ein Metalldetektor suchten seine wachen Augen jeden Zentimeter der Umgebung ab.

Da! Auf dem Boden! Wie aus dem Nichts war ein kleiner Stein vor ihm aufgetaucht. Grau und unscheinbar lag er auf der Erde. Inmitten von wild wucherndem Unkraut. Während er sich hinabbeugte, setzte sein Herzschlag für einen kurzen Augenblick aus. *Toni Zaduri 19.5.91 - 21.5.91.* Nur zwei Tage. Ein kurzes Leben. Verstohlen bekreuzigte er sich. Bis auf die vertraut klingende Buchstabenkombination hatte dieser Fund nichts mit seiner Suche zu tun.

Für einen Moment legte er eine Pause ein und ließ sich auf einer nahegelegenen Bank nieder. Sein Blick blieb an ein paar Schnecken hängen. Ohne Haus sahen sie aus wie kleine

Schlangen. Oder wie Exkremente von Tieren. Einige von ihnen machten sich über bereits zertretene Artgenossen her. Andere waren auf dem Weg zu frischem Grün. Ach, wie hatte die Mamma die Schnecken immer gehasst! Für sie waren diese Kreaturen sogar Vorboten für drohendes Unheil, weshalb sie sich bei ihrem Anblick oft bekreuzigte. Hinter der Bank lärmten Kinder in einem großen Garten. Er drehte sich um und sah ihnen beim Spielen zu.

„Geburt und Tod, eng miteinander verknüpft." Unbemerkt hatte sich ein Mann in schwarzer Anzughose und dünnem schwarzen Pullover der Bank genähert. Er war sehr groß. Paola hätte ihn bestimmt attraktiv gefunden. Ein gewinnendes Lächeln lag auf seinen Lippen.

„Sprechen Sie deutsch?"

Der fremde Friedhofsbesucher sah ihn irritiert an.

„Do you speak English?"

Schüchternes Nicken.

„Christian Himmel. Ich bin der Pastor dieser wunderschönen Kirche", stellte er sich auf Englisch vor. Dabei machte er zunächst eine ausladende Armbewegung in Richtung des Kirchgebäudes und hielt ihm anschließend seine Hand hin.

Zaghaft erhob sich der kleine Mann langsam von der Bank und ergriff die ihm dargebotene Hand. Dabei lächelte er schweigend.

„Kann ich Ihnen behilflich sein? Suchen Sie etwas Bestimmtes? Ich kann Ihnen auch die Kirche kurz erklären."

Nach einem kurzen Moment des Zögerns winkte er ab und murmelte unbeholfen: „Nur gucken. Allein."

Der Pastor schien kurz nachzudenken. Schließlich entschied er sich dafür, ihn allein zu lassen. „Wenn ich trotzdem irgendetwas für Sie tun kann, dann lassen Sie es mich wissen. Ich wohne in dem Haus dort hinten." Der Mann in

Schwarz deutete auf ein Fachwerkhaus, das gegenüber der Kirche an der kurvigen Deichstraße stand.

Beim abschließenden Händeschütteln fiel ihm doch etwas ein. Er dachte an die letzte Nacht in diesem furchtbaren Hotel am Bahnhof.

„Kennen ... Kennen Sie ein Hotel ... hier in der Nähe?"

Ohne Umschweife holte der Pastor ein goldenes Etui aus der Innentasche seines Jacketts. Mit einem ebenfalls goldenen Kugelschreiber schrieb er eine Nummer auf einen kleinen Zettel und reichte sie ihm.

„Mein Freund. Hier in der Nähe. Um die Ecke."

6. Gaudi

„Und was hat sie dann gesagt?“

„Dass ich sie ja mal anrufen könnte und dann ...“

„... und was dann?“

„Dann hab’ ich angerufen ...“

„Und ...?“

„Mensch Karlo, veni, vidi, vici! Oder um es mit Franz zu halten: Schau'n mer mal!“ Christian Himmel lächelte vieldeutig und blickte dann wieder nach vorn auf den Dirigenten, der ihnen nach langem umständlichen Blättern den Einsatz gab.

„In einem kühlen Grunde, da geht ein Mühlenrad. Mein Liebchen ist verschwunden, das dort gewohnet hat ...“

Mit leiser Stimme sang Karlo mit. Der Text des Liedes frustrierte ihn. Er hätte seine Ex Sophie niemals Liebchen genannt, aber sie war tatsächlich verschwunden, nach Düsseldorf. Zu dieser Agentur. Im Frühjahr vor zwei Jahren. Wieder war Frühjahr und seitdem hatte es noch kein neues Liebchen gegeben. Pastor Christian Himmel bereiteten die Liebchen offensichtlich überhaupt keine Probleme. Karlo konnte sich nicht erinnern, jemals einen Gottesmann kennen gelernt zu haben – eigentlich kannte er ohnehin keinen anderen außer Christian - der einen derartigen Eindruck bei der Frauenwelt hinterließ. Von den verzückten Mitgliedern seiner Kirchenkreise ganz zu schweigen. Stapelweise versorgten sie ihn mit bestickten Kissen, Taschentüchern und Topflappen, die im krassen Gegensatz zu der puristischen Inneneinrichtung des alten reetgedeckten Fachwerkhauses standen, in dem Christian wohnte. Zu Karlos großer Erleichterung waren sie Mitglied in einem reinen Männergesangverein.

Als zugereister Dorfgastronom ohne soziales Netzwerk

vor Ort musste er sich damals entscheiden: Entweder Freiwillige Feuerwehr, Schützenverein oder Chor. Da Karlo weder Lust hatte, jede zweite Nacht zu einem möglichen Feuer auszurücken, noch dumm in der Gegend herumzuballern, erschien ihm die Singerei als das kleinstmögliche Übel. So hatte er die Liedertafel Gaudi für sich ausgewählt, obwohl deren Mitglieder bis auf Christian Himmel allesamt sein Vater, wenn nicht sogar sein Großvater, hätten sein können.

„Sag mal, war da heute so ein älterer dunkler Typ bei dir?“, erkundigte sich Christian in einer kurzen Pause. „Ich habe einem Friedhofbesucher deine Nummer gegeben.“

Nach kurzem Nachdenken erinnerte sich Karlo an Peter und sein „Läita“.

„Konnte der nur englisch?“

„Ja, aber mit Akzent. Irgend so was Spanisch-Italienisches.“

Karlo seufzte über die entgangene Einnahme. „Dann hat Peter ihn wohl vergrault.“

„Jetzt mach doch Peter nicht wieder schlecht!“ Christian grinste spöttisch. „Wahrscheinlich hat ihm dein alter Schuppen einfach nicht gefallen ...“

„Ey, wir haben alles frisch renoviert, ja!“ Karlo war äußerst empfindlich in Bezug auf Kritik an seinem Vierländer Hof.

„Reg dich ab. Dass Peter auf den ersten Blick nicht gerade dem Idealbild des Hotelpagen entspricht, wissen wir ja alle.“ Christian kannte Peter Timmke natürlich und hatte sich auch erst einmal an sein Auftreten gewöhnen müssen. Seit der Technikfreak jedoch mit ein paar Griffen die ewig flackernde Beleuchtung in seiner Kirche wieder instand gesetzt hatte, wusste er den skurrilen Nachbarn durchaus zu schätzen. „Trotzdem schade. Ich dachte, da wäre eine Vermittlungsprovision drin gewesen. Du weißt ja: pecunia non olet!“

„Wie bitte?“ Karlos Lateinkenntnisse waren eher dürftig.

Deshalb klärte ihn der Pastor umgehend auf: „Geld stinkt nicht.“

„Zahlt der liebe Gott denn nicht genug?“, witzelte Karlo zurück.

Da wurden sie wieder von Manfreds dröhnender Stimme unterbrochen:

„So meine Herren, das wär’s für heute. Wir sehen uns Sonntag pünktlich um 14 Uhr vor der Gaststätte. Der Umzug beginnt um 14.30.“

„Wer trägt denn nu’ die Fahne?“, fragte der rotgesichtige Knut aus dem Tenor. „Uwe hat's im Kreuz.“

Manfred blickte kurz von seinen Noten auf und sah scharf zu ihm herüber. „Du ja wohl nicht Knut. Oder hast' heute auf’m Hof nur simuliert?“

Hier und da ertönte Gelächter von den anderen Sängern, die alle wussten, dass Knut Meyer schon seit über 20 Jahren als Gärtner in dem Betrieb von ihrem Dirigenten Manfred Eckers arbeitete, und es ihm dort nicht immer leicht gemacht wurde. Humor war für Manfred unnötiger Firlefanz, den er sich höchstens mal nach einer entsprechenden Anzahl von Bieren und Schnäpsen genehmigte. Eigentlich war Manfred auch kein richtiger Chorleiter, aber drei Jahre Orgelunterricht in seiner Jugend verschafften ihm einen eindeutigen Vorteil gegenüber seinen Sangesbrüdern. Deshalb duldete er auch keinen Widerspruch.

„Also gut Männer, Freiwillige vor!“ Ungeduldig schlug er mit seinem Taktstab auf das Pult. „Wir haben nicht den ganzen Abend Zeit.“

„Sollen doch mal die Jungen ran“, raunte es aus dem Bass.

„Ja, genau“, bekräftigten die Tenöre.

„Wie wär’s denn mit unserem Junghotelier?“

„Genau, soll doch unser Neuzugang mal zeigen, dass er es nicht nur in der Kehle, sondern auch mächtig inne Arme hat.“ Knut grinste fröhlich übers ganze rote Gesicht.

Sofort richteten sich alle Blicke auf den entgeistert dreinblickenden Karlo. Nach und nach klatschten die Mitglieder aufmunternd Beifall. Leicht hämisch grinsend stimmte Christian in das mittlerweile mit „Heij, heij!“–Rufen begleitete Klatschen ein.

Karlo atmete einmal tief durch. „Ist in Ordnung. Ich mach’s.“

Christian feixte: „Das kommt bei den Frauen bestimmt gut an. So ein Fahnenträger in vorderster Reihe ...“

„Danke Christian, jetzt bin ich wirklich überzeugt.“

Na großartig! Erst die blöde Erd-Fels auf dem Amt, dann der dank Peter vergraulte Gast und jetzt noch das hier! Karlo glaubte nicht daran, dass die Frauen, die den Fahnenträger eines dörflichen Gesangvereins anhimmelten, bei ihm auf große Gegenliebe stoßen würden.

In der Chorgaststätte herrschte ausgelassene Stimmung.

„Ein Mädchen und ein Gläschen Wein kurieren alle Not. Und wer nicht trinkt und wer nicht küsst, der ist so gut wie tot, der ist so gut wie tot!“

Nachdem er sein Lied beendet hatte, hielt Knut Karlo ein Schnapsglas entgegen.

„Dann fangen wir mal mit trinken an“, entgegnete Karlo und hob das kleine Glas ein wenig in die Höhe, um es an seine Lippen zu setzen.

„Prost Karl, heute wird gefeiert.“

„Ach ja?“, hielt Karlo inne. Doch wohl nicht seine feierliche Ernennung zum Fahnenträger?!

„Hermann is' Opa geworden, 'n Kerl, da gibt's immer 'n Klaren. Bei 'ner Deern gibt's Bier!"

Der frischgebackene Großvater prostete ihnen zu. „Ein Pärchen wär' euch bestimmt dat Liebste gewesen, Ihr alten Saufnasen!"

Seinen Kommentar bedachten die Umstehenden mit schallendem Gelächter.

Karlo lachte verhalten mit. „Wie heißt er denn?", erkundigte er sich halbwegs interessiert.

„Hab' ich fast schon wieder vergessen." Hermann kratzte sich an seinen aus der hohen Stirn gekämmten grauen Haaren. „ ... Warte mal … war so wat Ausländisches … Schorom oder so ..."

„Was'n dat für'n Name?" Die Mitsänger waren verwundert.

„Scheroum ..."

„Vielleicht Jerome?", versuchte Karlo zu helfen.

„Ja genau, Gscheroum, dat war's."

„Wo kommt dat denn her?", fragte Knut irritiert in die Runde. „Klingt jüdisch, irgendwie."

„Ne, ne, Knut, dat ist amerikanisch. Meine Schwiegertochter, die Steffi, die is' doch so für Amerika."

„Also, ich weiß nich', immer diese exotischen Namen, die keiner aussprechen kann. Warum bleiben die Kinners nich' bei unser'n schönen deutschen Namen?", bemerkte Knut.

„Mein Reden. Das seh' ich genauso!", schaltete sich ein Jugendlicher mit kurzen braunen Haaren in das Tresengespräch ein. Auf seinem grauen Sweatshirt prangte der Schriftzug „Lonsdale". Er saß mit seinen beiden Freunden, die unsicher grinsten, an einem Ecktisch der Chorgaststätte.

„Sach ich doch!" Knut freute sich stets über Bestätigung und nickte dem Jungen anerkennend zu. „Wie heißt du?"

„Renée.“

„Na, dat nenn’ ich doch mal 'n schön' Namen. Kann jeder aussprechen und schreiben.“

„Ist aber nicht gerade deutsch“, gab Karlo zu bedenken.

„Wieso?“

„Ist doch eher französisch, oder?“

„Na und?“ Kritisch musterte der Jugendliche Karlo von oben bis unten. Seine Augen standen sehr eng zusammen. „Aber immer noch besser als Gschorom oder so.“

„Is' mir doch schietegal, wat ihr sacht. Wenn meine Kinner dat schön finden, dann soll’s mir recht sein. Dat ist mein Enkel, und seinen Namen werd’ ich auch noch lernen, Prost!“, beendete Hermann die Diskussion.

Nachdem Karlo einmal zum Abschied kräftig auf den Tresen geklopft hatte, griff er sich seine Jacke und verließ das Lokal.

Beim Gehen blickte er instinktiv nach oben. Grauverhangener Himmel. Kein Stern zu sehen. Nach der ersten Besichtigung seines neuen Domizils vor gut zwei Jahren hatte ihn der funkelnde Himmel sofort gefangen genommen. Auch wenn er es ungern zugab, und schon gar nicht vor seinen Sangesbrüdern, hatte er schon immer einen kleinen Hang zur Romantik. „Du bist ein Träumer, Karlo. Hörst du mich?“ Das war einer von Sophies Standardsätzen gewesen, wenn er mal wieder etwas abwesend schien. Na ja, das musste er sich schon lange nicht mehr anhören.

Wie immer führte ihn der Heimweg bei seiner Angestellten Erne Wulffke vorbei, die zusammen mit ihrem Mann Hinrich im Erdgeschoss eines alten Bauernhofes wohnte. Erne war eine echte Perle. Ein Glücksgriff. Karlo wüsste nicht, was er ohne sie täte. Als interessierte Nachbarin hatte sie seine Renovierungsarbeiten vom ersten Tag an aufmerksam verfolgt und bald die Versorgung des neuen Besitzers samt dessen Bauarbeitern übernommen. Karlo hatte manchmal das Gefühl, dass die kinderlose Erne froh war, endlich jemanden bemuttern zu können. Ihr selbstgebackener Apfelkuchen war ein Traum, genauso wie ihre Frikadellen oder auch die mit Liebe und Marmelade bestrichenen Brote. Erne gehörte zu der Sorte Mensch, die innerhalb kürzester Zeit spürt, woran es dem Gegenüber mangelt. Nicht zuletzt dieser Wesenszug hatte Karlo dazu veranlasst, die agile Mittfünfzigerin um Mithilfe im Hotel zu bitten. Seitdem sah sie den Vierländer Hof als ihr persönliches Eigentum an, das vor Verunglimpfung, übler Nachrede und vor allem Schmutz in jeglicher Form geschützt werden musste. Leider hatte dies zur Folge, dass sich sowohl ihre Hilfe in den Gewächshäusern ihres Mannes Hinrich als auch seine Versorgung mit liebevoll zubereiteten Speisen auf ein Minimum reduzierte. Diese Konstellation führte oft zu Konflikten.

Daher war Karlo an diesem Abend nicht verwundert, durch das geöffnete Fenster laute Stimmen zu vernehmen. Diesmal schienen sich die Eheleute jedoch über ein anderes Thema als den Hof und seine Bewohner zu streiten.

„... jedem schöne Augen machen!“

„Wat heißt denn schöne Augen ...“

„Wie du den begöscht hast ...“

„Du tüddelst ja!“

Karlo wollte schnell weitergehen, als er plötzlich eine Tür schlagen und eine bekannte Stimme hinter sich hörte.

„Warten Sie ...“ Erne stürzte aus der Haustür. Wie heute Vormittag trug sie ihr lachsrosa Twinset, eine bequeme Hose und braune Hausschuhe. Von den sorgfältig hochgesteckten grau-weißen Haaren hatten sich einige Strähnen gelöst. Ihr Gesicht war gerötet und die Stimme zitterte anfangs noch leicht. „Entschuldigen Sie ... Herr Kolberg, man gut, dat ich

Sie noch treff' ...", stieß Erne hervor, während sie mit beiden Händen ihre Haare zurückstrich.

„Guten Abend, Erne!" Karlo musste sich immer noch daran gewöhnen, dass seine ungefähr zwanzig Jahre ältere Angestellte darauf bestand, ihren Chef unter Verwendung seines Nachnamens zu siezen, während er sie – wenn auch per Sie - beim Vornamen rief.

„Eben is' noch'n Gast gekommen."

„Hatten Sie so spät noch was zu tun?", erkundigte er sich verwundert, weil Erne eigentlich nur vormittags arbeitete.

„Ne", winkte sie ab. „Wir war'n noch mal kurz um's Eck und in der Nähe vom Hotel bin ich gewahr geworden, dat ein Gast mit ..." Sie verdrehte kurz die blauen Augen. „... mit Peter schnackte."

„Ja, und ...?" Karlo kannte Ernes Vorbehalte gegenüber seinem chaotischen Nachbarn Peter Timmke.

„Uns' Peter schnackt doch kein Englisch."

Karlo wusste auch, dass Erne vor ihrer Ehe mehrere Jahre als Fremdsprachenkorrespondentin in Hamburg gearbeitet hatte. Er konnte wirklich froh sein, jemanden gefunden zu haben, der neben Deutsch und Plattdeutsch eine weitere Fremdsprache beherrschte!

„Der wollt' den armen Kerl schon fast wieder wech schicken. Da bin ich mittenmang einfach dazwischen gegangen und hab' ihm noch dat letzte Zimmer gegeben. Ich musst' nur mal eben ein Bett wech tun. Ging bannig schnell."

Da war der von Christian vermittelte Gast also wieder gekommen. Hatte Peter ihn doch nicht vergrault!

„Mensch Erne, dass sie sogar in Ihrer Freizeit noch Gäste empfangen. Das finde ich ganz großartig von Ihnen!"

„Da nich' für!", winkte Erne ab. „Ich glaub' wohl, dat war 'n Italiener."

„Oh, ein Italiener, wie schön!", freute sich Karlo.

„Ja, dann könn' Sie mal wieder italienisch schnacken! Ein gediegener Herr in schicken Plünnen und eleganten Schuhen. Er is' in Nummer acht. Frühstücken will er auch um acht. Mit Kaffee.“

„Geht klar. Ist sonst alles in Ordnung?“ Er blickte in die Richtung, aus der Erne gekommen war.

„Ach, Sie meinen Hinrich?“ Sie rollte mit den Augen. „Ich begreif' dat nicht! Der Dösbaddel übertreibt völlig mit seine' Eifersucht! Nur weil er nix versteht. Da denkt der wieder sonst wat. Nu isser mucksch.“ Fast gleichgültig zuckte sie mit den Achseln. „Wat soll’s. Steckst nich’ drin! Der beruhigt sich schon wieder.“ Sie strich ihren Pullover glatt, rieb die Hände kurz aneinander und wandte sich zum Gehen. „Also dann, bis morgen.“

„Bis morgen und vielen Dank noch mal.“

Karlo sah Erne hinterher, bis sie mit energischen Schritten in ihrem Eingang verschwunden war. Hinrich hatte es sicherlich nicht immer leicht. Beim Weitergehen blickte er für einen Moment wieder in den Himmel. Die Bewölkung riss ein wenig auf. Am Ende von Hinrichs Gewächshäusern schien fahles Mondlicht auf den unbewegten Fluss.

7. So viele Namen - *tanti nomi*

Sie hingen an der Wand herunter. Weiße unbewegliche Fahnen auf der blutroten Wand. Sie bewegten sich nicht, so wie Fahnen sich sonst bewegten, wenn sie von einer leichten Brise erfasst wurden. Hier wehte kein Wind. Die Fahnen waren wie tot und auf ihr standen die Namen von Toten. Hatte ihm der Mann am Eingang gesagt. So viele Namen. Chronologisch geordnet. Angefangen bei 1940. Zuerst nur wenige. Für jedes Datum ein Name, manchmal auch zwei oder drei. Deutsche Namen. Russische Namen. Jedenfalls nahm er an, dass es russische Namen waren. Hier waren sie nur ein Schriftzug, eine schwarze Buchstabenreihe ohne Gesicht. Es wurden mehr, immer mehr. Ab dem Jahr 1942 standen oft dreißig Namen unter einem Datum. Systematisch suchten seine noch wachen Augen die Buchstaben ab. Wie ein Scanner nahm er die einzelnen Zeilen unter die Lupe. Name für Name. Die ersten Namen besah er sich genau und empfand mit jedem einzelnen ehrliches Mitgefühl. Er fragte sich, wie der eine oder andere wohl umgekommen sein mochte. Ab der dritten Fahne, auf dessen Stoff sich die Anzahl der Namen unter dem jeweiligen Datum häufte, stumpfte er langsam ab. Er fand keine Gefühle mehr. Es waren einfach zu viele. Er musste etwas finden und konnte nicht mehr mitfühlen. So viele Namen.

Da! Sein Herz begann schneller zu schlagen. Er war fast in der Mitte der zweiten Wand angekommen. Im Oktober 1943 tauchte eine vertraute Buchstabenfolge auf. *Luigi Cavallari*. Ein Italiener! Wahrhaftig stand ein italienischer Name auf diesen schrecklichen Fahnen an der roten Wand. Und da! Im November *Giovanni Serano*. Im Januar 1944 *Feruccio Bonazza*. Insgesamt waren es nicht viele, aber bei jedem vertrauten Namen wurden seine Augen größer, und die bange Hoffnung wuchs. Und wenn ... Vor dem Ende der zweiten Wand rebellierte sein Körper. Die vielen Namen machten ihn schwindlig. Alles begann sich zu drehen, und er sah nur noch tanzende Buchstaben vor seinen Augen.

Er schleppte sich zu einer nahegelegenen Bank und nahm dort Platz. Eine Weile musste er verschnaufen. Neben ihm saß eine alte Frau. Ihre Augen waren geschlossen. Sie war in sich versunken und bemerkte ihren neuen Banknachbarn gar nicht. Unaufhörlich knetete sie die abgegriffenen Henkel ihrer Handtasche, die sie auf dem Schoß abgestellt hatte. Manchmal stöhnte die Alte ein wenig. Er fragte sich, warum sie wohl hier war. Suchte sie auch etwas? Oder hatte sie es bereits gefunden? Ob sie Deutsche war? Er konnte es nicht erkennen. Ihre Kleidung war unauffällig. Knielanger bräunlicher Wollrock, relativ elegante Damenschuhe und ein schwarzer Kurzmantel. So sahen ältere Damen aller Länder aus.

Plötzlich waren leise Stimmen im Raum zu hören. Drei Mädchen im Teenageralter besahen sich die Fahnen. Im Schnelldurchlauf gingen sie die Wände ab. Hin und wieder deutete eines der Mädchen auf einen Namen. Als sie an der Bank vorbeikamen, schien eine von ihnen etwas Bemerkenswertes an der Wand entdeckt zu haben. Die anderen beiden Mädchen starrten auf den Punkt und wie auf ein Kommando prusteten sie unter vorgehaltener Hand los. Die Frau hörte umgehend auf, ihre Handtasche zu kneten und öffnete verschreckt die Augen. Sprachlose Hilflosigkeit breitete sich in ihm aus. Wie konnten sie hier nur lachen? An diesem Ort gab es doch nichts Komisches. Dennoch hatte ihn dieses Erlebnis wieder in die Realität zurückgeholt und er konnte weitermachen. Mechanisch beendete er seine Suche. Er war nicht dabei.

Fast erleichtert stieg er langsam die Treppen hinunter und

begab sich zu dem abgetrennten Seitenflügel, in dem mehrere Stehpulte standen. Schwarze Tücher waren darüber ausgebreitet. Als wären es tote Körper. Vorsichtig trat er an eines heran und schlug es zaghaft zurück. Er war sich nicht ganz sicher, ob es erlaubt war, aber er wollte wissen, was sich darunter verbarg. Auf dem Pult lag ein aufgeschlagenes Heft, in dem mit geschwungener Schreibschrift Listen zu erkennen waren. Die Schrift war für ihn fast nicht zu lesen. Trotzdem konnte er seinen Blick nicht davon abwenden. Es sah aus wie Contabilità, wie Buchhaltung. Die Reihen begannen mit einer Nummer. Davor standen ein paar Buchstaben. Auf dieser Heftseite war oft Russ. oder Pol. zu lesen. In diesen Listen wurden Menschen gezählt. Menschen und deren Herkunft. Russen und Polen hatte es hier viele gegeben. Das ging auch aus den Namen der Fahnen hervor. Hinter den Namen waren jeweils das Geburtsdatum und der Todestag vermerkt. Danach folgte die Spalte Kommando. Das verstand er nicht, aber vielleicht konnte er später diesen Mann danach fragen, den er bisher nur vom Telefon kannte. Andere Besucher gingen langsam durch die Gänge und betrachteten sich die ausliegenden Bücher. Waren sie aus demselben Grund hier wie er? Auf der Suche nach Antworten?

Als er schließlich ins Freie trat, schien ihm die Sonne ins Gesicht. Er ging einen langen Sandweg entlang, an dessen Rand Gedenksteine lagen. Darauf standen Länderbezeichnungen. Alle Länder Europas. Sogar das alte Zeichen CCCP der ehemaligen Sowjetunion. Auf dem 15. Stein las er ITALIA. Darauf lagen ein paar vertrocknete Nelken. Er nahm sich vor, bei seinem nächsten Besuch auch ein paar Blumen mitzubringen. Er stutzte. Wollte er denn überhaupt noch einmal herkommen? Die Ländersteine endeten an einem gegenüberliegenden hochaufragenden Gedenkstein, dessen beachtliche Höhe ihn an einen Fabrikschornstein erinnerte. Direkt neben diesem Mahnmal lag die Skulptur eines in äußerst unbequemer Haltung kauernden Menschen. Man hatte fast den Eindruck, als wäre diese Figur in aufrechter Haltung gegossen und anschließend zu Boden gestoßen worden. So sehr hatte sich die Stellung der Gliedmaßen verformt.

Wo sollte er hingehen? Ein wenig Zeit blieb ihm noch. Der Lageplan, den er im Haus mit den Fahnen mitgenommen hatte, wies auf mehrere Rundgänge hin. Punkt vier „Internationales Mahnmal" und Punkt fünf „Haus des Gedenkens" hatte er bereits hinter sich gebracht. An Punkt drei waren Denkmäler für Opfergruppen und Einzelpersonen zu besichtigen. *"Ettore Martinelli, ingegnere, nato il 20.10. 1908 in Lussinpiccolo, Italia, morì in questo campo il 27.1.1945."* Wo lag noch einmal Lussinpiccolo? Er kramte in seiner Erinnerung. Eine kleine Insel in Jugoslawien. Vor einigen Jahren hatte ihm ein Cousin eine Postkarte aus Lussinpiccolo geschickt. Mit Strandmotiv, blauem Meer. Unbeschwerter Urlaubsfreude. Von Lussinpiccolo nach Germania, um dort auf einem Grabstein zu enden. Er schüttelte ungläubig den Kopf.

Hinter ihm näherte sich eine Schulklasse. Sie bildeten einen Halbkreis, um die Grabsteine zu betrachten. Er sah kurz hoch in die Gesichter der ungefähr vierzehnjährigen Jungen und Mädchen. Die Mehrheit hörte schweigend den Ausführungen des Lehrers zu. Andere standen etwas abseits und blickten gelangweilt in die Gegend. Dann gab es noch ein Grüppchen mit zwei kurzhaarigen Jungs, um die sich die drei Mädchen aus dem Raum mit den Fahnen scharten. Sie kicherten in einem fort. Er konnte den Blick nicht von den Jugendlichen abwenden. Plötzlich trat einer von ihnen zur Seite und warf sich in gekrümmter Haltung nach vorn auf die Knie. Dabei berührten sein Kopf und eine Schulter den

Boden. Das Lachen der Mädchen wurde lauter. Er schluckte. Der Junge versuchte offensichtlich die qualvolle Haltung der Skulptur neben der Gedenksäule nachzuahmen.

Um eine aufkommende innere Kälte abzuwehren, rückte er seinen Schal zurecht und begab sich wie vereinbart an den sogenannten Stichkanal, Punkt sieben auf seinem Plan.

Auf dem Weg dorthin bewegte er sich auf die Rückseite eines langgezogenen Gebäudekomplexes zu. Anstatt laut Plan links abzubiegen, ging er geradeaus weiter, um sich die Vorderseite des U-förmigen Klinkerbaus anzusehen. In die Mitte des Gebäudes führte eine langgezogene hohe Rampe. In unmittelbarer Nähe stand eine Lore. Die lange Rampe und die massive Lore davor sahen nach sehr harter Arbeit aus. Er hatte nur noch fünf Minuten Zeit. Schnell wandte er sich ab und ging weiter geradewegs auf einen alten Kahn zu. Vorsichtig trat er an das düstere Wasserbecken heran, das auf seiner rechten Seite von einer geraden steilen Wand begrenzt wurde. Auf der gegenüberliegenden Seite saßen ein paar Angler. Hinter ihnen drehten sich weiße Windkrafträder.

Plötzlich spürte er ein leichtes Schulterklopfen und drehte sich um. Er blickte in das freundlich lächelnde Gesicht eines jungen Mannes mit Dreitagebart und Palästinensertuch um den Hals.

„Mr. Mantova?“

8. Absturz

Heute war Sonntag. Der Sonntag. Vor dem Tag grauste Karlo schon seit seiner ungewollten Ernennung zum Fahnenträger. Warum bloß hatte ihn das Schicksal nicht verschont? Am liebsten hätte er sich in seinen noch von der Nacht angewärmten Alkoven verzogen, die Türen hinter dieser bäuerlichen Schlafstätte zugezogen und sich für die nächsten Stunden von der Außenwelt verabschiedet. Am Sonntagmittag stand er vor dem ovalen Spiegel seines lichtdurchfluteten Schlafzimmers und machte sich bereit für die größte Peinlichkeit seines Lebens. Als würde es nicht reichen, das DDR-blaue Jackett mit dem albernen pinken Schriftzug seiner Liedertafel „Gaudi" und die weiße höchst unvorteilhaft geschnittene Hose mit leichtem Schlag anziehen zu müssen! Nie wieder würde er sich über picklige Außenseiter lustig machen, die in lächerlichen Spielmannszuguniformen mit Gleichgesinnten musizierten. Aber wieso er, Karl Kolberg, in so einer Aufmachung? Warum konnten sie nicht in seinen geliebten Jeans und Karohemd oder aber - wenn es denn schon festlich sein musste – wenigstens in halbwegs stilvollen Anzügen marschieren?

Fertig umgezogen verließ er seine kleine Wohnung im ersten Stock des Vierländer Hofs. Im Erdgeschoss traf er auf Erne, die wegen des besonderen Anlasses heute länger arbeiten wollte. Etwas spöttisch musterte sie ihren Chef von oben bis unten. Karlo stand nicht der Sinn nach ihren Kommentaren.

„Und Sie meinen wirklich, dass Sie das heute alles allein schaffen?", erkundigte er sich.

„Allens klar, Chef! Ich hab' alles im Griff. Kommt doch eh keiner mehr an. Außerdem kann ich so mal in Ruhe die ganzen Plünnen wegwaschen."

„Wenn ich dableiben soll, können Sie es ruhig sagen." Karlo klammerte sich an die letztmögliche Ausrede.

„Dascha gediegen!", rief sie aus. Mit gespielter Empörung stützte sie ihre Hände in der Taille ab. „Un' wat macht Ihre Liedertafel dann aus mir? Ne ne, Sie sind doch kein' Bangbüx! Nu man los, der Herr. Später kommen wir denn mal auf'm Umzuch vorbei. Herr Mantova kiekt sich dat auch an."

„Ach ja?", stutzte Karlo.

Bis zu diesem Zeitpunkt hatte er seinem schweigsamen italienischen Gast noch keine weitergehenden Informationen über dessen Ausflugspläne entlocken können. Jeden Morgen frühstückte der Italiener pünktlich um acht Uhr. Stets korrekt gekleidet verließ er das Haus, stieg in seinen kleinen blauen Leihwagen und kam erst spät abends zurück. Wie ein typischer Blumenzwiebelvertreter sah er nicht aus und schon gar nicht wie ein Gewächshausbauer. Christian vermutete, dass der Mann einen Grabsteinhandel aufziehen wollte, weil er ihn nicht nur auf dem Friedhof seiner Kirche, sondern auch einmal auf dem der benachbarten Gemeinde Neuengamme angetroffen hatte.

„Ich hoffe, Sie haben nicht noch mehr Werbung gemacht!" Karlo legte heute keinen besonderen Wert auf großes Publikum.

„Nu man sachte, Chef. Früher, mit meiner Trachtengruppe, da hatten wir al wedder solche Auftritte ..." Sie sah auf die Uhr. „Jetzt kommen Sie mal zu Pott! Die Wäsche ruft." Energisch drehte sie sich auf dem Absatz um.

Ein Blick nach draußen zeigte ihm, dass sich auch das Wetter gegen ihn verschworen hatte. Kein Sturm, keine Orkanböen in Sicht. Schönstes Frühlingswetter hatte sich eingestellt. Vor dem Hoteleingang tummelten sich die Sänger des Gesangvereins „Ohne Sorgia" aus Bottrop, die sich für dieses Wochenende bei Karlo einquartiert hatten. Die Männer trugen braune Jacketts mit breiten rosafarbenen Krawatten.

„Na, schon fertich?“, wurde er gut gelaunt begrüßt.

„Boah ... wat ‘n schmucken Kerl hier!“

„Hör ma, später nehm’ wir noch ‘n Kleinen zusammen, is’ klar, ne“, grölte der vierschrötige Dirigent.

„Geht klar! Na dann mal viel Spaß die Herren!“, verabschiedete er sich schnell, um pünktlich zum vereinbarten Treffpunkt seines Chores zu gehen.

Die Sänger von Gaudi sahen in ihren Anzügen aus wie Funktionäre bei einer sozialistischen Spartakiade.

„Na, da bist ja endlich, hast deine Bimbos nich' im Griff?“, begrüßte ihn Rotgesicht Knut. In Anbetracht seiner schlechten Laune verkniff sich Karlo einen kritischen Vortrag über Political Correctness und grüßte einmal kurz in die Runde.

Knut bückte sich, hob einen Lederriemen vom Fußboden auf und reichte sie dem auserkorenen Fahnenträger: „Hier. Dein Arbeitsgerät.“

Skeptisch nahm Karlo den Gurt entgegen.

Der am Rücken lädierte Uwe schlurfte bedächtig zu seinem Vertreter, um ihm letzte Anweisungen und Tipps zu geben: „Die Fahne nimm’ man lieber erst, wenn dat losgeht, die wiecht nämlich wat, dat kann ich dir sagen.“

Kurz vor dem Abmarsch griffen zwei Sänger zu der weiß-blauen Fahne und machten sich daran, sie in Karlos Tragegurt zu stecken. Als die beiden Männer das gute Stück plötzlich losließen, fiel der noch ungeübte Fahnenträger fast vorne über.

„Wie lange geht der Umzug, habt ihr gesagt?“, fragte Karlo unter Stöhnen.

Missbilligend zog Chorleiter Manfred eine graue Augenbraue hoch. Gaudis neuer Fahnenträger biss die Zähne zusammen und reihte sich hinter der gerade vorbeiziehenden Liedertafel „Concordia 1885“ ein. Zur Freude der Umstehenden stimmten seine Sangesbrüder gleich ein erstes Lied an: „In Vierlanden hinterm Deich ...“

Das gute Wetter hatte eine beachtliche Anzahl Zuschauer angelockt. Die Häuschen entlang der Strecke waren zu diesem Anlass besonders herausgeputzt worden. In den Vorgärten warteten großzügige Arrangements aus gelben und blauen Stiefmütterchen auf vorbeiziehende Bewunderer. An den Fahnenmasten hingen viele blau-weiß-schwarze HSV-Fahnen. Bereits nach wenigen Metern musste sich Karlo eingestehen, dass es ihm wider Erwarten ein klein wenig Spaß machte, mit der Fahne vorneweg zu marschieren. So langsam legte sich sogar ein kleines Lächeln auf sein Gesicht.

Plötzlich vernahm er lautes Kläffen. Beunruhigt sah Karlo nach unten. Ein Wollknäuel hüpfte um seine marschierenden Beine. Erschrocken musste Karlo feststellen, dass der natürliche Jagdinstinkt des kleinen Hundes geweckt war: Um jeden Preis wollte er das ihm zugeneigte wippende Ende der Fahne erreichen. Seine vergeblichen Luftsprünge wurden vom Publikum mit Jubel bedacht. Die aufmunternden Zurufe führten dazu, dass sich die Lage für den Fahnenträger mehr und mehr zuspitzte. Angestachelt von der aufgebrachten Menge verfiel der Hund in zunehmend hektischere Bewegungen. Während Karlo sich noch fieberhaft eine Überlebensstrategie überlegte, hatte der Kläffer schließlich Erfolg: Mit einem finalen Satz schnappte er energisch die Fahne. Dieses plötzliche Ungleichgewicht hatte zur Folge, dass Karlo strauchelte und vorne über auf die Straße direkt in den

Staub fiel. Ein paar Sekunden vergingen, bis er den Kopf wieder heben konnte. Er blinzelte und versuchte, sich den Dreck aus den Augen zu reiben, als ihm plötzlich ein Taschentuch hingehalten wurde.

Als Karlo aufblickte, erstarrte er für einen Moment. Das musste eine Fata Morgana sein! Er sah in das Gesicht einer wunderschönen Unbekannten. Lange, dichte, dunkle unglaubliche Locken. Ein unglaublicher Mund wie bei dieser Frau, die mal für eine Hamburger Telefongesellschaft geworben hatte. Besorgt blickten große nussbraune Augen mit langen Wimpern auf ihn herab. Als sich die Erscheinung zu ihm herunter bückte, ließ es sich nicht vermeiden, einen Blick in den ausgefüllten Ausschnitt ihres engen rot-weiß geblümten Sommerkleides zu werfen. Auch dieser Einblick war schier unglaublich. Eine Wahnsinnsfrau! Was machte die hier auf dem Umzug? Und was tat er hier eigentlich auf dem Boden? Irritiert richtete er sich wieder auf, klopfte mit fahrigen Bewegungen den Straßenstaub ab und nahm seine Umwelt wieder bewusst wahr.

Noch etwas benommen vernahm er aus einer anderen Richtung eine hohe aufgeregte Frauenstimme:

“Och ne, Bella, was machst du denn für’n Scheiß!“ Eine junge etwas rundliche Frau mit unvorteilhaften Röhrenjeans und Cowboystiefeln trat aus der Menge hervor. Sie hielt eine rote Flasche in der Hand. Ihr teilweise blondes Haar - der Haaransatz enthüllte in unregelmäßigem Abstand die ursprünglich dunklere Farbe - hing in krisseligen Strähnen auf die breiten Schultern. „Oh ne, wie peinlich! Das tut mir echt megaleid! Hast einen gut bei mir!“ Aufreizend lächelnd steckte sie dem Opfer ihres Hundes die Flasche zwischen Bauch und Tragegurt. „Trinkst den nachher mit mir? Ich bin Biggie. Das ist ganz was Gutes!“, flüsterte sie ihm mit der piepsigen Stimme eines vermeintlich dreieinhalbjährigen

Mädchens zu.

Karlo nickte entgeistert. Zu mehr war er noch nicht in der Lage. Nicht ohne ihm noch einmal bedeutsam zuzuzwinkern, griff sie nach ihrem Hund und verschwand wieder in der Masse.

Mittlerweile hatten Knut und Christian die Fahne wieder aufgehoben und steckten sie in seinen Tragegurt. Christian wollte sich ausschütten vor Lachen.

„Genug ausgeruht, mein Bester. The show must go on!"

Verzweifelt hielt Karlo Ausschau nach seiner Ersthelferin, aber zu seinem Bedauern war die unbekannte Unglaubliche wieder in der Menge verschwunden. Ihr weißes Stofftaschentuch hielt er noch wie eine Trophäe in den Händen.

„Birgit vonne Kasse kann dich wohl verknusen. Dat sieht ja 'n Blinder mit Krückstock!" Knut wusste Bescheid. Die Besitzerin der Töle war Kassiererin im Supermarkt um die Ecke.

Nach dem Intermezzo ging der Umzug weiter. Mechanisch setzte Karlo einen Fuß vor den anderen. Die anfängliche Entspannung war verschwunden. Deshalb griff er schon bald nach der Wiedergutmachung und führte die rote Flasche von der Kassiererin zum Mund.

Da erblickte er Erne und Hinrich in der Menge. Jedoch schienen sie in ein angeregtes Gespräch vertieft zu sein, weshalb Erne ihren winkenden Chef nicht wahrnahm. Ein paar Meter weiter hinter ihnen sah er seinen italienischen Hotelgast, der sich sehr gestenreich mit einem anderen Mann unterhielt, von dem er nur das schüttere graue Haar und den Rücken erkennen konnte. Lächelnd prostete Karlo Herrn Mantova zu, der ihn jedoch ebenfalls nicht beachtete. Was machte der hier bloß? Und mit wem redete er da?

„Mensch Karlo!" Knut klopfte seinem Sangesbruder auf

die Schultern. „Wat hast denn da Schönes in deiner Buddel? Musst aber auch mal an deine Kollegen denken. Gib' mal 'n beten ab!“ Er griff sich die Flasche und nahm einen tiefen Schluck. „Heute feiern wir bis zur Vergasung!“

Bei sich dachte Karlo, dass Knut deutlich weniger Worte zur Verfügung hätte, wenn er die politisch Unkorrekten nicht mehr benutzen würde!

Als der Umzug auf dem großen Festplatz sein Ende gefunden hatte, wankte die Fahne des Männergesangvereins Gaudi merklich. Normalerweise machte Karlo um Alkohol mit mehr Umdrehungen als Wein oder Bier einen großen Bogen. Aber in nüchternem Zustand konnte er so einen Tag wie heute wirklich nicht überstehen! Bei den letzten Liedern merkte er, dass seine Zunge immer schwerer wurde. Den meisten schien es ähnlich zu gehen, denn die Abschlusslieder klangen mehr gegrölt als gesungen. Trotzdem ernteten die Chöre von ihrem ebenfalls nicht mehr ganz nüchternen Publikum anerkennenden Beifall.

Nachdem ihr letztes Lied verstummt war, wurde in einer Ecke weitergesungen. Wie durch einen Schleier sah Karlo ein paar Jugendliche etwas abseits stehen und Bierflaschen schwenkend ein Lied singen.

„... schlaand über ahaless ...“

Wo hatte er die kurzhaarigen Kerle bloß schon mal gesehen?

Aus ihrer Mitte trat die blonde Kassiererin hervor und kam direkt auf ihn zu. Als Birgit die fast leere Flasche Schnaps in seiner Hand sah, machte sie ihm mit ihrer piepsigen Stimme schmollend Vorhaltungen:

„Och, hast du den guten Schenever ganz alleine getrunken ... da ist Biggie aber echt böse!“

Karlo ging nicht auf ihren Vorwurf ein, sondern deutete

in die Ecke, aus der sie gekommen war: „Was sinnen das für Leute da hinnen?“

„Renée und seine Freunde“, entgegnete sie. „Wir haben immer viel Spaß zusammen.“

Renée! Der Kurzhaarige mit dem typisch deutschen Namen aus seiner Chorgaststätte!

„Aber was ham die denn da grade gesung`n?“, erkundigte sich Karlo mit schwerer Zunge.

„Die erste Strophe glaube ich. Das machen die immer, wenn sie gut drauf sind.“

„Gut drauf? Aber die singt man doch sch`lange nich' mehr. Issie nich' sogar verboten?“

„Ach ja?“ Unschuldig blickte sie ihn an. „Lass sie doch.“ Sie versuchte sich wieder an ihrem aufreizenden Augenaufschlag und schlug piepsend vor: „Ich finde, du musst jetzt mit Biggie tanzen. Wo du schon den ganzen Schnaps alleine getrunken hast!“

Karlo fügte sich. In seinem Zustand hätte er fast alles gemacht. Also begaben sie sich in das Festzelt und bewegten sich hoppelnd - trotz Tanzschule mit vierzehn hatte er nie richtigen Paartanz gelernt - zu Tony Marschalls „Schöne Maid, hast du heut’ für mich Zeit“. Dabei bedrängte Biggie ihn zusehends und rückte mit jedem Takt näher an ihn heran. Die Arme eng um seinen Hals geschlungen legte seine Tanzpartnerin ihre dick geschminkte Wange an seine.

Dann verstummte die Musik und plötzlich griff sein Chorleiter Manfred Eckers zum Mikrofon:

„Liebe Sänger aus Vierlanden und liebe befreundete Chöre. Tradition ist eine schöne Sache. Vor allem hier in den Vierlanden ...“

Karlos Aufnahmefähigkeit tendierte gen Null.

Außerdem piepste ihm seine Tanzpartnerin ins Ohr: „Wollen wir nich' mal rausgehen?“

Karlo stimmte sofort zu. Das Herumgehopse hatte in seiner Magengegend kein gutes Gefühl hinterlassen.

Auf dem Weg nach draußen kamen sie an Knut vorbei. „Na, hab' ich dir zu viel versprochen, dann mal ran an den Speck ...", raunte er ihm aufmunternd zu.

Karlo bekam davon kaum etwas mit und wurde von seiner forschen Begleitung, die ihn eng umfasste, hinter das Zelt gezogen.

Plötzlich raschelte es in einem Busch rechts von ihnen. Wie durch ein verschwommenes Wasserglas sah Karlo zwei Gestalten, die aus dem Grün krabbelten. Im Lichtschein konnte er die verwirrten roten Haare der Frau erkennen, die hektisch ein unförmiges orange-braun gemustertes Kleid zurechtzupfte. War das nicht die Sachbearbeiterin aus dem Amt? Auch der Mann hinter ihr kam ihm bekannt vor. Herr Prinzling war emsig darum bemüht, sich einige Blätter aus dem akkuraten Bürstenschnitt zu wischen. Es sah nicht so aus, als hätten die beiden in Ruhe über seinen Antrag auf Erweiterung des Hotels gesprochen. Schnell huschten sie an ihm vorbei.

Schließlich war er mit seiner Tanzpartnerin allein. Ihre verschwommenen Konturen näherten sich bedrohlich seinem Gesicht. Doch bevor sie ihre Lippen fest auf seine drücken konnte, passierte es: Der süßliche Genevergeschmack vermischte sich mit etwas Säuerlichem, und eine klebrige übelriechende Masse bahnte sich ihren Weg nach draußen. Bevor ihm schwarz vor Augen wurde, schaffte es Karlo gerade noch, seinen Kopf in die andere Richtung zu drehen. Der um einen Kuss betrogenen Frau blieb nichts anderes übrig, als dem Objekt ihrer Begierde in dieser schweren Stunde beizustehen. Am Ende erbarmte sie sich sogar, Curslacks - neben dem Pastor natürlich - begehrtesten Junggesellen nach Hause ins Bett zu bringen. Nach einem ausgedehnten Fußmarsch im Vierländer Hof angekommen musste sie bald enttäuscht feststellen, dass der heutige Abend nicht mehr zu ihrer Zufriedenheit verlaufen würde und verließ unverrichteter Dinge das Haus.

9. Die Wahrheit - *la verità*

Allegria! So viel Fröhlichkeit! Lange Schnüre mit bunten dreieckigen Fahnen schmückten die Straßen. Anfang und Ende hingen an den Dächern der Häuser. Manche Gebäude waren ebenfalls bunt. Mal grün, mal gelb oder sogar rosa, meistens jedoch rot. Roter Stein, grün-weiße Fensterrahmen und weiße Türen. Jedes Haus schloss mit einem spitzen Dach ab. Das erinnerte ihn an die Häuser in den Märchen von Grimm. Als Kind hatte er diese Geschichten verschlungen. Später hatte er seinen Töchtern daraus vorgelesen. Von Zeit zu Zeit auch seiner Enkelin, Federica. Obwohl ihm diese Erzählungen immer Angst gemacht hatten, vor allem die Hexe von Hänsel und Gretel. Ihr Knusperhäuschen hatte ebenfalls so ein spitzes Dach gehabt.

Die Bewohner der Häuser hatten ihre Vorgärten mit Blumenbeeten verschönert. Akkurat und genau abgezählt waren gelbe und blaue Blumen diagonal oder in einem genau gezirkelten Kreis angeordnet. Sie gefielen ihm deutlich besser als die toten Gewächse auf den Gräbern. Und die Menschen sangen. Zu seinem größten Erstaunen wurde aus voller Kehle gesungen. Das war selten. Auch bei ihm zu Hause. Was hatte die Mamma immer geschwärmt, wie viel sie früher gesungen hätten. Bei der Arbeit auf dem Feld. In der Küche. Auf der Bank vor dem Haus. Das würde es heute nicht mehr geben. Nur noch alla televisione, im Fernsehen. Und die Musik hatte ihr nie gefallen. Und doch, es wurde gesungen. Hier in Germania.

Das passte in keiner Weise mit dem zusammen, was dieser junge Mann ihm vor ein paar Tagen erzählt hatte. Schon eher die Uniformen der Vorbeiziehenden. Verschieden große Gruppen trugen einheitliche Anzüge. Manche waren schön anzusehen, andere weniger. Der Aufzug seines Hotelchefs zum Beispiel gehörte zu den weniger Gelungenen. Er hatte vorhin noch kurz aus dem Fenster seines Zimmers beobachten können, wie dieser auf dem Hof stand und sich mit anderen uniformierten Gästen unterhielt. Instinktiv hatte er noch eine Weile gewartet, bis die Männer den Hotelvorplatz verlassen hatten, um bald darauf ebenfalls aus dem Haus zu gehen.

Er hatte keine Lust auf ein Gespräch mit Signor Kolberg. Der Herr war sehr freundlich, aber auf dieser Reise wollte er lieber seine Ruhe haben. Da war ihm die Signora Erne schon lieber. Auch wenn sie gerne das eine oder andere erzählte, konnte sie zuhören und schweigen. So wie seine jüngste Tochter Anna-Rita. Stunden verbrachten sie zusammen auf der kleinen Gartenbank, ohne auch nur ein Wort zu wechseln. Was sie wohl gerade machte? Wahrscheinlich waren sie mit dem Mittagessen fertig. Er musste heute Abend unbedingt zu Hause anrufen. Noch nie war er so viele Nächte von seiner Familie getrennt gewesen. Mittlerweile war er schon über eine Woche unterwegs.

„Nice, isn't it?", begrüßte ihn Signora Erne.

„Oh, yes. Very nice."

Hinrich nickte nur kurz. Die unhöfliche Reserviertheit des Mannes erinnerte ihn an seinen gestrigen Besuch bei diesem Pizzabäcker. Der hatte auch keine Miene verzogen und nicht mit ihm reden wollen. Wahrscheinlich hatte er Angst gehabt, dass seine Machenschaften ans Licht kämen. Dabei waren diese gar nicht der Grund seines Besuchs gewesen. Reiner Zufall, dass er in diese Scheune hineingegangen war.

Ihn interessierte etwas ganz anderes. Die Vergangenheit. Die Wahrheit. Was war damals wirklich passiert? Wie hing das alles mit ihm zusammen? Lange würde es nicht mehr dauern. Bald würde er mehr erfahren, vielleicht sogar endlich die ganze Wahrheit. Dieser andere Mann würde ihm alles erzählen, was er wissen musste. Dann würde alles gut. Er freute sich darauf, endlich beruhigt nach Hause fahren zu können und dieses Kapitel in seinem Leben abzuschließen. Die Mädchen erwarteten ihn bestimmt schon. Und natürlich Paola, die von Anfang an voller Sorge gewesen war. Wozu diese lange Reise? Was würde ihm die Wahrheit jetzt noch nützen? War doch alles schon so lange her!

Wie vereinbart stellte er sich auf die Brücke und blickte hinunter. Der Fluss war dunkel und unbeweglich. Da flitzte etwas am Ufer entlang und tauchte schnell unter Wasser. Das musste eine Ratte gewesen sein.

„Mr. Mantova?“

10. Verschwunden

„Schöne Maid hast du heut' für mich Zeit ..."

Ich bin Tony Marshall. Ich singe wie ein junger Gott. Ich sehe unheimlich gut aus. Ich kann sie alle haben. Auch die schöne Unbekannte mit den langen Locken und diesem engen tief ausgeschnittenen Blümchenkleid. Sie schwebt auf die Bühne und bewegt sich rhythmisch mit mir im Takt. Die Leute um uns herum klatschen und strahlen das neue Traumpaar an. Wir drehen uns unaufhörlich. Es soll nie aufhören. Dann klingelt es. Was klingelt da? Mein Handy? Ihr Handy? Es will nicht aufhören …

Schlaftrunken rieb sich Karlo die Augen. Um ihn herum war Dunkelheit. Klingelnde Dunkelheit. Nach ein paar missglückten Versuchen gelang es ihm, endlich die Tür seines Alkovens aufzustoßen. Das Klingeln wurde lauter. Er schob sich ein paar Meter vor und griff in Richtung der niedrigen Dockenbank vor dem Bett, auf der er sein tragbares Telefon vermutete. Endlich! Mit einem Druck auf den kleinen Knopf beendete er den unangenehmen Ton und brummelte in den Hörer: „Mmh."

Am anderen Ende schrie Erne – zumindest kam es ihm so vor, als würde sie schreien – aufgeregt:

„Herr Kolberg! Mensch, ich hab' schon an ihre Tür gekloppt. Ohne Sorgia will abreisen. Ich hab' doch kein' Schimmer, wat mit denen für'n Preis vereinbart war."

Warum musste sie nur so schreien?

„Ja, ehm, ich … ich komme gleich runter", antwortete Karlo mit schwerer Stimme.

„Geht's Ihnen gut?"

„Mmh. All's bestens, Erne, bin gleich da."

Langsam schlurfte er ins Bad und erschrak über das Bild im Spiegel. So sah also eine graue Gesichtsfärbung aus. Am schlimmsten war aber dieser widerlich-süßliche Geschmack im Mund. Roter Genever! Erst mal Zähne putzen und reichlich Deo auf die Haut. Mit dem Duschen musste er halt noch warten. Danach versuchte er sich langsam in seine über einem Sessel liegende Jeans zu zwängen, wobei er fast den Halt verlor. Dadurch kam ihm eine höchst unangenehme Situation vom Vortag wieder ins Gedächtnis, nur dass ihm dort gefühlte fünfhundert Personen samt Hund beim Straucheln zugesehen hatten.

Noch etwas angeschlagen wankte er die knarzenden Treppen zur Rezeption herunter, wo der breit grinsende Chorleiter von „Ohne Sorgia" bereits auf ihn wartete. Bildete Karlo sich das nur ein oder leuchtete dessen Nase heute in einem noch kräftigeren Rot?

„Na Chef, Se ham ja auch mal Fünfe gerade sein lassen gestern."

„Ach, wissen Sie, das kommt halt vor ..." Das Reden bereitete Karlo Kopfschmerzen. „Ham ... Hab'n Sie sich denn auf unserem Fest amüsiert?"

„Aber sischer doch, wir hatten unser'n Spaß. Isch hätt' gern noch einen mit Ihnen jetrunken, aber Sie hatten ja zu tun ..." Dabei grinste er vieldeutig.

„Ja, ja, Verpflichtungen … alle wollen was von einem. Das holen wir dann nächstes Mal nach, Herr … äh ..." Hilfesuchend sah er Erne an, die glücklicherweise eine vorbereitete Rechnung hochhielt, auf der Karlo den Namen seines Gesprächspartners lesen konnte. „Also, Herr Krausbeutel, dann schauen wir mal."

Die Zahlen tanzten vor seinen Augen. Zusammenreißen, Junge, sonst geht die Rechnung zu deinen Ungunsten auf! An diesem Morgen war er heilfroh, dass ihm Erne beim Addieren der einzelnen Positionen über die Schulter blickte. Er konnte es sich wahrlich nicht leisten, auf einen Teil dieser

Einnahme zu verzichten. Der Vierländer Hof schrieb schließlich noch lange keine schwarzen Zahlen.

Nachdem das Finanzielle erledigt war, verabschiedeten sich Herr Krausbeutel und die übrigen Chorsänger ausgiebig und versprachen, beim nächsten Treffen unbedingt wieder zu kommen. Karlo machte dabei gute Miene und schaffte es sogar, ein paar Standardfloskeln anzubringen:

„Na, da freuen wir uns aber ... nein, wir haben zu danken ... empfehlen Sie uns weiter ... Gute Heimreise wünsche ich Ihnen!“

Nachdem auch der letzte rauch- und alkoholgeschwängerte braune Anzug das Haus verlassen hatte, atmete er erleichtert auf:

„Puh! Das wäre geschafft.“

„Chef, Sie sin' ja richtich scholle. Sie krieg'n jetzt erst mal 'n schönes Frühstück!“

Erne hatte den Ernst der Lage gleich erkannt. Schon lange hatte er sich nicht mehr so auf einen starken Kaffee gefreut! Vielleicht würde sie ihm auch ein paar Eier braten, das käme ihm und seinen schwachen Lebensgeistern sehr entgegen.

Im Frühstücksraum fiel ihm der unbenutzte Ecktisch des Italieners auf.

„Ja, war denn der Herr Mantova noch gar nicht da?“

Erne brachte ihm den Kaffee und - sie war eben eine echte Perle - eine riesige dampfende Portion Rührei.

„Dascha schon merkwürdig“, stutzte sie. „Sonst frühstückt der immer.“

Bildete sich Karlo eine gewisse Nervosität bei ihr nur ein oder hatte sie irgendwas?

„Na ja, warten wir es mal ab, Erne. Der schläft sich wohl nur kräftig aus!“

Das hätte er auch gern getan! Er wandte seine noch sehr

eingeschränkte Aufmerksamkeit dem Frühstück zu. So langsam erwachte auch der restliche Teil seines Körpers und er dachte über die letzte Nacht nach. Wie war er bloß nach Hause gekommen? Er konnte sich nur dunkel daran erinnern, dass ihn jemand ins Bett gelegt hatte. Aber wer nur?

Während er über diese wichtige Frage nachgrübelte, kam Erne wieder zu ihm. In ihren Augen konnte Karlo echte Besorgnis erkennen.

„Ich kann mich auch täuschen, Herr Kolberg, aber irgendwie is' die ganze Sache komisch."

„Welche Sache?", fragte Karlo irritiert nach und schob sich eine weitere Gabel Rührei in den Mund.

„Na, mit dem Italiener. Sonst war er immer so pünktlich und heute ... Außerdem steht sein Auto nich' auf'm Parkplatz."

„Hm."

Nach den ziemlich einsilbigen Antworten ihres Chefs druckste sie herum: „... Könnten Sie … ich meine … wollen Sie nicht ..."

„Was will ich?" Karlo wollte vor allem eine klare Antwort.

„Wär' besser, wenn Sie mal eben auf sein' Zimmer nachkieken."

Karlo hielt kurz inne. „Meinen Sie wirklich?" Er grub in seinem Kurzzeitgedächtnis. „Also, gestern habe ich ihn doch noch auf dem Umzug gesehen. Da redete er mit irgendwem."

„Wir ham auch kurz geschnackt. Aber dann war er plötzlich verschwunden und is' bis heut' nich' wieder aufgetaucht. Kieken Sie mal auf die Uhr!" Erne tippte auf ihre schmale goldene Armbanduhr. „Halb elf durch!" Sie sah ihn mit einem besorgten aber eindringlichen Blick an.

Es schien ihr wirklich etwas daran zu liegen. Hatte er

nicht während des Umzugs beobachtet, dass sie sich mit Hinrich gestritten hatte? Das hatte doch wohl hoffentlich nichts mit dem Italiener zu tun gehabt! Karlo nahm noch einen tiefen Schluck Kaffee und verschlang den letzten Rest Ei.

„Also gut, dann will ich mal nachsehen. Sollte ich den Herrn jedoch wecken, müssen Sie ihn besänftigen." Schwerfällig, aber fürs Erste gestärkt, erhob er sich von seinem Platz.

Vor Mantovas Zimmer angekommen drückte er zunächst sein Ohr an die Tür. Alles ruhig. Erst dann klopfte er zaghaft und schließlich bestimmt an. Da ihm niemand antwortete, trat er mithilfe des Zweitschlüssels ein. Dabei fühlte er sich wie ein Einbrecher. Karlo hatte von Anfang an großen Respekt vor der Privatsphäre seiner Gäste. Der Raum war in sehr ordentlichem Zustand. Ein prüfender Blick ergab schnell, dass der Bewohner dieses Zimmers hier nicht genächtigt haben konnte. Vor allem war das Bett noch frisch gemacht. Samt Erne-Knick im Kopfkissen. Und doch zeigten die verschiedensten zurückgelassenen Sachen, dass in diesen vier Wänden noch jemand wohnte. An der Garderobe hingen zwei Anzüge über jeweils einem Bügel zum Auslüften. Zwei Paar elegante Herrenschuhe standen aufgereiht neben der Tür. Der Schreibtisch machte bis auf ein paar herumliegende Unterlagen einen sehr aufgeräumten Eindruck. Da Herr Mantova für eine Woche im Voraus bezahlt hatte, vermutete Karlo, dass es eine plausible Erklärung für dessen persönliche Abwesenheit und die Anwesenheit seiner Habseligkeiten geben musste. Andernfalls hätte er annehmen können, dass sein Gast eventuell in Zahlungsschwierigkeiten gekommen war und ihm als Zeichen des guten Willens seine Habe hinterlassen hatte.

Bereits in der kurzen Zeit seiner Selbstständigkeit hatte

Karlo solche Fälle erlebt. Seit mehreren Wochen war er der stolze Besitzer eines Koffer mit den wertlosen Klamotten von Herrn Klose, der ihm nach einer Woche unbezahltem Aufenthalt das Blaue vom Himmel versprochen hatte: „Morgen treffe ich den Teilhaber meiner Geschäftsidee zum Vertragsabschluss in Bremen, dann machen wir beide am Abend ein Fass auf, das sage ich Ihnen!“ Weder Fass, Geld noch Herrn Klose hatte Karlo danach jemals zu Gesicht bekommen.

Als er gerade aus dem Zimmer gehen wollte, fiel sein Blick auf den Nachttisch. Neben dem Telefon lag die Visitenkarte des italienischen Restaurants „Da Franco“, das sich hier in der Nähe befand. Gedankenverloren nahm er sie an sich und verließ den Raum.

An der Rezeption ordnete Erne einige Papiere. Sie hatte ihren lila Kittel übergestreift, um gleich die Zimmer sauberzumachen. Fragend blickte sie über den Rand ihrer goldeingefassten Lesebrille.

„Und?“

„Tja ...“ Karlo stützte sich mit den Ellenbogen auf dem Tresen ab. „Seine Sachen sind noch alle da, und das Bett ist auch gemacht.“

„Was'n dat?“ Erne deutete auf die Visitenkarte in seiner Hand.

„Die lag auf dem Nachttisch neben dem Telefon.“

Sie drehte den Kopf, um den Namen auf der Karte zu lesen. „Da Franco? Ich glaub', da wollt' er mal hin ...“ Sie zögerte, bevor sie weitersprach: „Vielleicht wissen die ja, wo er ist.“

„Meinen Sie?“ An diesem Morgen war Karlo in allem etwas langsamer.

„Ja, wieso denn nich'? Rufen Sie da doch mal an. Frag'n kost’ nix.“

„Erne, ich kann doch nicht einfach in der Nachbarschaft herumtelefonieren, nur weil ein Gast mal nicht zum Frühstück kommt!“

„Aber dat sind doch seine Landsleute. Die griepen sich doch unner de Arms!“

„Bitte?“

„Die helfen sich doch alle!“

Er gab sich geschlagen. Bloß keinen Konflikt herbeiführen! Dafür reichten seine Kräfte noch nicht. „Was soll’s, vielleicht haben Sie recht.“

Er wählte die angegebene Nummer, bei der sich nach mehrmaligem Klingeln eine tiefe Stimme meldete:

„Da Franco?“

„Ja … äh ... Vierländer Hof hier, mein Name ist Kolberg ...“

„Ich nix verstehen ...“

Karlo wiederholte seinen Satz sehr langsam und betont auf Italienisch: „Mein Name ist Kolberg, ich möchte gerne wissen, ob Sie einen Herrn Flavio Mantova kennen.“

Wiederholt wurde ihm in gebrochenem Deutsch geantwortet: „Nix verstehen, später anrufen.“

Soweit er es nach den wenigen Worten beurteilen konnte, war sein Gesprächspartner weder Italiener noch Deutscher.

„O.k. Vielen Dank für Ihre Hilfe.“

Entnervt legte Karlo auf, und sagte schulterzuckend: „Jetzt sind wir genauso schlau wie vorher.“

Erne wurde ungeduldig. „Also, dat is' doch nich' normal, dat ein Hotelgast seine Rechnung komplett bezahlt, seine Sachen da lässt, aber selber nich' hier schläft, oder?“

Langsam hatte Karlo keine Lust mehr, sich über die ganze Sache noch tiefergehende Gedanken zu machen. Sein Kopf dröhnte immer noch und er war müde. Irgendwie musste er die aufgebrachte Erne auf andere Ideen bringen, sonst ließ sie nicht locker.

„Tja, wer weiß, vielleicht hatte er einen netten Abend gestern, den er noch ein wenig ausdehnen wollte ...“

Diese doppeldeutige Bemerkung brachte die sehr bodenständige Frau offensichtlich in Verlegenheit. Für einen Moment blickte sie betreten auf den Boden.

„Vielleicht ham Sie recht, und ich alte Bangbüx mach' mir einfach zu viele Gedanken. Aber ... passiert doch so viel heutzutage.“

„Ja, ja, wir leben in schlimmen Zeiten. O tempora o mores! Früher war alles viel besser ...“

Von den beiden unbemerkt hatte Christian Himmel die Eingangstür geöffnet und war zu ihnen an die Rezeption getreten.

„Oh, guten Morgen, Herr Pastor!“ Erne errötete leicht, wie immer wenn sie Christian Himmel begegnete. Flugs nahm sie ihre Brille ab und verstaute sie in einem mit roten Rosen bestickten schwarzen Etui.

„Morgen Christian“, begrüßte Karlo seinen Nachbarn.

„Einen wunderschönen guten Morgen allerseits!“

Wie konnte ein Mensch bloß immer so gutgelaunt sein? Was machte der eigentlich bei Beerdigungen?

„Sagt mal, habt ihr zufällig noch ein wenig Milch für mich und meinen Kaffee?“

„Sie könn' auch gern 'n Pott Kaffee von uns haben, Herr Pastor.“

Innerhalb von Sekunden hatte sich Erne erhoben und war in Richtung Frühstücksraum geeilt. Den lila Kittel hatte sie vorher unauffällig ausgezogen und über den Stuhl hinter der Rezeption gehängt.

„Das wäre zu liebenswürdig!“, rief ihr der Pastor hinterher. „Machen Sie sich aber bloß keine Umstände, Erne!“

„Und sonst so?“, fragte Karlo müde.

„Ach, ich wollt' ja nur mal hören, wie dein Abend so verlaufen ist. War ja 'n spektakulärer Sturz! Hab' mir fast 'n bisschen Sorgen um dich gemacht."

„Blöde Töle!"

„Na, na, kannst ihm doch eigentlich dankbar sein!"

„Hä?" Karlo verstand nicht.

„Wäre sonst dieser dunkle Engel aufgetaucht?" Christian zog die Augenbrauen hoch und neigte den Kopf leicht nach unten. „Ich sag' nur: Taschentuch."

Taschentuch? Ach ja, ihm dämmerte es. Die unbekannte Unglaubliche! „Ach, das meinst du!", versuchte Karlo die Szene herunterzuspielen. „Danke der Nachfrage, so langsam erwachen meine Lebensgeister wieder.

„Hast ja ganz schön tief ins Schnapsglas geschaut!"

„Nüchtern war das ganze auch nicht zu ertragen", verteidigte sich Karlo.

„Da magst du recht haben." Christian stützte sich mit einem Ellenbogen an der Rezeption ab und warf einen Seitenblick auf die Reservierungsliste, die auf dem Schreibtisch lag.

Karlo war mittlerweile um den Tresen herumgegangen, um sich endlich wieder hinzusetzen. „Und, was hast du so getrieben?"

„Tja ... ich war kurz auf dem Fest und dann bin ich ziemlich bald gegangen." Er lächelte vieldeutig in sich hinein. „Da wartete noch jemand auf mich ..."

„Ach ne, konntest du denn wenigstens noch fahren?"

„Ich bin noch ganz gut zu Fuß!"

„Ach ja?" Karlo räusperte sich vernehmlich, „... und 'n schönen Abend gehabt?"

„Eine kleine private Massage. War schon O.k." Christian lächelte genussvoll.

Ernes Eintreffen ersparte Karlo weitere Details.

„So, der Herr Pastor, Ihr Pott Kaffee."

„Reicht denn eine Tasse, oder brauchst du noch einen zweiten Becher? Zum Mitnehmen?", erkundigte sich Karlo scheinheilig grinsend.

Christian setzte seine Unschuldsmiene auf. „Diese eine Tasse wird mir ganz vorzüglich schmecken. Sie sind ein Schatz, Erne!"

Nach diesem Kompliment wuchs sie förmlich um mehrere Zentimeter. Wenigstens lenkte sie das von dem Italiener ab!

„Ich brauche jetzt dringend etwas frische Luft. Haben Sie noch viel zu tun, Erne?", fragte Karlo.

„Drei Zimmer muss ich auf jeden Fall noch zurecht machen. Die Woche sind wir gut belegt."

Gerade wollte Karlo sich von seinem Platz erheben, als sie noch mal nachhakte:

„Wat is denn nu mit Herrn Mantova?"

Karlo seufzte. „Er ist nicht da, das sehen Sie doch."

„Könn' Sie nich' mal eben zu diesem Restaurant fahren und mal nachfragen?"

„Entschuldigen Sie, Erne. Ich bin doch kein Kindermädchen für meine Gäste!" Karlo hatte langsam genug von der ganzen Geschichte.

„War ja nur 'n Vorschlach ..." Offensichtlich beleidigt knetete Erne ihre Hände vor dem Bauch. „Nur, damit wir uns später nix vorzuwerfen haben."

Nach einem Moment des Innehaltens machte Karlo einen Vorschlag zur Güte: „Also gut. Wir vertreten uns jetzt mal eben kurz die Beine. Wenn er dann immer noch nicht da sein sollte, werde ich vielleicht zu dem italienischen Restaurant fahren und mich dort ein wenig umhören."

Erne war sichtlich zufriedengestellt. „Dat klingt gut! Ich schwing' dann mal mein' Feudel." Sie griff nach ihrem lila

Kittel und verließ die Rezeption.

„Was ist denn bei euch los?“, fragte Christian, während sie links um das Hotelgebäude herumgingen. Karlo wollte sich auf eine Bank in seinem kleinen Garten hinter dem Haus setzen.

„Ach, Erne, die macht einen Mordsrummel, nur weil dieser Italiener nicht zum Frühstück erschienen ist. Und jetzt soll ich eine Riesensuchaktion starten.“

„Deine Perle scheint ja ganz schön interessiert zu sein an dem Herrn.“

„Irgendwie schon.“

„Soweit ich mich an unsere kurze Begegnung erinnere, machte der wirklich etwas her – für sein Alter. Bisschen klein vielleicht. Aber eine echt elegante Erscheinung. Uns Hinrich kann da nicht gerade mithalten.“

„Ob das die ideale Verbindung ist, sei sowieso dahingestellt.“ Karlo waren die ständigen kleinen Streitereien zwischen Hinrich und Erne schon immer ein Dorn im Auge.

„O.k., sie ist um einiges offener als er, das stimmt wohl. Aber das hast du hier oft. Die Frauen erledigen das Reden, die Männer den Rest.“

„Ach, was soll's.“ Karlo machte eine wegwerfende Handbewegung. „Die beiden werden schon wissen, was sie tun. Außerdem sollen sich Gegensätze ja irgendwie anziehen.“

Für einen Moment schloss er die Augen. Mal sehen, auf was er sich noch einstellen musste. So langsam könnte wirklich mal wieder etwas passieren in seinem kargen Liebesleben. Nicht, dass er mit seinen vierunddreißig Jahren so etwas wie Torschlusspanik hätte, aber allmählich fehlte ihm etwas. Es musste ja nicht gleich Germany's next Topmodel sein. Aber die Besitzerin des Taschentuchs in seinem DDRblauen Jackett würde ihm schon gefallen. Wo sie bloß abgeblieben war? Von Sophie hatte er bis auf ein kurzes Telefonat im letzten Jahr, in dem sie ihn um seine neue Kontonummer für die verspätete Rückzahlung der Stromkosten bat, nichts mehr gehört. Das war vielleicht auch ganz gut so. Hier auf dem Lande mit seinen wenigen gutbürgerlichen Lokalen ohne Sushilieferservice, mit lediglich zwei Stammkneipen und keinen vierundzwanzig Szene-Locations um die Ecke hätte er sich seine Exfreundin nur schwer vorstellen können.

„Vielleicht hat Erne doch recht“, riss Christian Karlo aus seinen Gedanken.

„Womit?“

„Vielleicht solltest du wirklich zu dem Restaurant fahren und einmal nachfragen“

„Meinst du echt?“

„Ist nur so ein Gefühl, aber der kam mir von Anfang an merkwürdig vor.“

„Ach ja? Nur weil er sich für Grabsteine interessierte?“

„Ich kann es dir nicht erklären, aber als Hotelier hat man schon ein wenig Verantwortung für das Wohlergehen seiner Gäste.“

„Vielleicht magst du recht haben“, lenkte Karlo ein. „Auf alle Fälle ist Erne dann endlich beruhigt. Wenn die da überhaupt was wissen.“

Für einen Moment schwiegen die beiden Männer. Karlo blinzelte in die Sonne. Christian nahm einen weiteren Schluck aus seinem Kaffeebecher.

Er war der Erste, der wieder das Wort ergriff: „Schon komisch, dass der einfach so wegbleibt, ohne was zu sagen.“

„Ach, Christian, was ich in der letzten Zeit nicht alles mit meinen Gästen erlebt habe, das geht auf keine Kuhhaut. Denk doch nur einmal an diese Psychologin, die sie um ihr

Auto tanzend auf den Elbbrücken gefunden haben."

„Das war echt 'ne Nummer!", erinnerte sich der Pastor.

„Oder dieser Holländer, der sich immer verleugnen ließ."

„Bis seine Frau vor der Tür stand ..."

„... und die Geliebte dahinter", lachte Karlo kurz auf.

Christian Himmel stimmte in das Lachen ein. Dann blickte er auf die Uhr.

„Oh Mist, schon Viertel nach elf, ich hab' gleich ein Taufgespräch. Das darf ich nicht vergessen."

„Ist hoffentlich nicht von dir ...", feixte Karlo.

„Die Tochter von Ernst Meier ist nicht gerade mein Fall."

„Verstehe."

Als sie sich von der Bank erhoben, trat Karlo auf ein Knäuel Schnecken.

„Igitt, diese fiesen kleinen Dinger. Ich hasse sie!"

„Auf dem Friedhof ist es eine echte Plage dieses Jahr", wusste Christian zu berichten.

„Was kann man denn dagegen machen? Erstens sehen sie eklig aus und zweitens fressen sie mir meinen ganzen Garten kahl."

Karlo hatte in diesem Frühjahr das erste Mal die noch von Tante Elfi liebevoll gesetzten Stauden vom Unkraut der letzten Jahre befreit und auch weitere Blumen in die Beete gepflanzt.

„Da gibt's wohl mehrere Möglichkeiten. Bierfallen, Schneckenkorn, was weiß ich. Also, mein Friedhofsgärtner schwört auf Küchenkräuter als Abwehrbarriere."

„Küchenkräuter?"

„Ja, er pflanzt überall Bohnenkraut, Lavendel und so'n Zeugs. Das schmeckt denen nicht."

Nach einem kurzen Blick über den fast leeren Parkplatz verabschiedeten sich die Männer.

In einer der buchsbaumgesäumten Haltebuchten des Restaurants „Da Franco“ stand lediglich ein rotes Mercedes Cabrio. Zögernd stieg Karlo aus seinem Lieferwagen und sah sich interessiert um. Links vom Parkplatz lag das Restaurantgebäude. Die weißen Sprossenfenster und der weiße Spitzgiebel bildeten einen schönen Kontrast zum Rotklinker. Davor warteten mehrere Holzsitzgruppen auf den norddeutschen Sommer. Direkt gegenüber erstreckte sich eine eher baufällig wirkende Scheune.

Während er langsam auf das Restaurant zuging, sah Karlo auf der Wiese neben der Scheune eine Frau Wäsche aufhängen. Ihre langen dunklen Haare kräuselten sich über einer weißen Bluse. Dazu trug sie enge Jeans. Je näher er ihr kam, desto deutlicher vernahm Karlo ihren Gesang. Das Lied kam ihm bekannt vor.

„... azzurro il pomeriggio è troppo azzurro e lungo per me.”

Erfreut lächelnd ging er auf sie zu und, ohne darüber nachzudenken, stimmte er in ihren Gesang ein: „... mi accorgo di non avere più risorse senza di te ...“

„Azzurro“ von Adriano Celentano hatten er und sein Vater ohne Unterlass auf ihren langen Autofahrten ins Trainingslager nach Süditalien gesungen.

Als sie sich irritiert umdrehte, setzte für einen Moment sein Herzschlag aus: Das konnte doch nicht wahr sein! Sie war es! Die unbekannte Unglaubliche vom Umzug! Danke, Erne! Danke, Herr Mantova! Danke, Christian!

Abrupt hörte sie auf zu singen. Zwei dunkelbraune Augen sahen fragend zu ihm hoch.

„Ciao?“

Dieser Blick versetzte Karlos Körper, der nach wie vor geschwächt war, in höchste Unruhe. Diese Unruhe trat immer dann ein, wenn ihm ein attraktives weibliches Wesen tief in die Augen schaute. Im Nachhinein musste er zugeben, dass ihm dieses Gefühl bei Sophie eigentlich von Anfang an gefehlt hatte.

Bevor er einen ersten Satz sprechen konnte, glitt ein wissendes Lächeln über ihr Gesicht.

„Ah … lo sfortunato! Geht es Ihnen wieder gut? Ich meine, wegen gestern."

Sie hatte ihn wiedererkannt! Diese Erkenntnis bewirkte, dass sein Gehirn noch langsamer arbeitete und ihm nach wie vor die Worte im Halse stecken blieben.

„Was kann ich denn heute für Sie tun?" Interessiert blickte sie ihn an.

Zusammenreißen! Stammelnd brachte er nun seine ersten ungesungenen Worte hervor:

„Ähm … ich … ich..." Er kratzte sich nervös am Hinterkopf.

Sie wurde etwas ungeduldig: „Ja?"

Karlo gab sich einen Ruck: „Also, ja, ich … ich bin ein Hotel."

„Wie bitte?"

Karlo, du Depp!

„Also, ich wohne hier in der Nähe. Das Hotel, der Vierländer Hof, das gehört mir." Er deutete auf den Schriftzug seines weißen Lieferwagens.

Sichtlich erfreut entgegnete die junge Frau: „Ach, dann sind wir ja fast Nachbarn!" Sie schenkte ihm ein weiteres beunruhigendes Lächeln.

Verlegen fuhr er sich durch die noch etwas wirr abstehenden Haare. Das Kämmen wie auch die Dusche waren in der Hektik heute Morgen leider ausgefallen. „Ja, wenn man die paar Straßen außer Acht lässt, dann stimmt das wohl" Nach diesem Satz war die Arbeitsfähigkeit seines Hirns vorübergehend ausgeschaltet. Wortlos starrte er sie an.

Sie verschränkte die Arme vor ihrer Brust und unterbrach das Schweigen: „Und was möchten Sie um diese Zeit hier? Wir haben heute Mittag zu. È chiuso.“

„Tja, also ...“, druckste Karlo herum, als hätte er plötzlich sein Anliegen vergessen. Reiß’ dich endlich zusammen Junge! Sonst hält sie dich für einen spätpubertierenden Stotterer! „... ich wollte fragen, ob … Sie sich vielleicht an einen Italiener erinnern, der in den letzten Tagen hier gewesen sein könnte.“ Na, geht doch!

Noch bevor sie auf Karlos Frage antworten konnte, näherte sich ihnen ein dicker schwarzhaariger Mann in ehemals weißer XXL Kochuniform. Die kleinen Locken wurden durch Unmengen an Haargel aus dem von einem dichten Schnurrbart dominierten Gesicht gehalten. Er musste so um die fünfzig sein.

In rauem Ton herrschte er sie auf Italienisch an: „Gianna, was machst du denn da? Wir haben nicht den ganzen Tag Zeit!“

Wortlos und ohne noch einmal hochzublicken wandte sie sich wieder der Wäscheleine zu.

Umso liebenswürdiger richtete sich der Störenfried an Karlo. Dabei lehnte er seinen massigen Oberkörper ein wenig zurück und knetete seine kräftigen kurzen Finger.

„Was kann ich für Sie tun, mein Herr? Ich bin Franco Rossi.“ Er machte eine ausholende Armbewegung in Richtung des Restaurantgebäudes. „Der Besitzer dieses Ristorante.“

Höflich stellte sich der Wirt des Vierländer Hofs ebenfalls vor.

Nachdem die Männer sich kurz die Hand gegeben hatten, wiederholte Karlo seine Frage nach dem Italiener.

Franco sah ihn irritiert an. „Wie war der Name, Flavio Mantova? Nein, da kann ich mich nicht dran erinnern. Tut mir leid.“

Bildete Karlo sich das nur ein, oder warf Gianna ihrem Chef einen erstaunten Blick über die Wäscheleine zu?

Franco sah auf seine goldene Armbanduhr.

„Sie müssen uns jetzt entschuldigen, mein Herr, aber wir haben heute noch viel zu tun.“ Eilig verabschiedete er sich: „Kommen Sie doch einmal zum Essen vorbei. Schönen Tag noch.“ Schwerfällig ging er in Richtung Haus. Kurz vor dem schlichten Seiteneingang drehte er sich noch einmal zu Gianna um und fuhr sie wiederholt barsch auf Italienisch an: „Wenn du da fertig bist, komm’ in die Küche. Wir haben zu tun!“

Langsam hob sie den mittlerweile leeren Wäschekorb auf und klemmte ihn sich in die rechte Seite. „Entschuldigung, ich muss jetzt gehen.“

„Ja“, entgegnete Karlo irritiert. „Alla prossima! Bis zum nächsten Mal!“

„Si, naturalmente!“ Nach ein paar Schritten sah sie noch einmal zu ihm herüber und sagte lächelnd, ohne dass Franco sie hören konnte: „Sie haben eine schöne Stimme.“ Dann ging sie leichtfüßig in Richtung Haus.

Unentschlossen blieb er noch für einen Moment stehen und verfolgte ihren wippenden Gang. Als sie die Tür öffnete und sich noch einmal nach ihm umdrehte, konnte er für einen letzten kurzen Moment in ihr Gesicht sehen. Volle rote Lippen, nussbraune Augen, ein paar blasse Sommersprossen auf der kleinen Nase und ein spitzes aber dennoch weiches Kinn. Wenn sich all diese wunderbaren Einzelteile auch noch zu einem gemeinsamen Lächeln verabredeten, war es um ihn geschehen. Was für eine Frau! Gianna! Genau sein Typ. Aber ganz genau! Wie kam die bloß in diese Gegend? Warum hatte er sie noch nie vorher gesehen? Und warum hatte er sich nur benommen wie ein Idiot?

Gedankenverloren schlenderte Karlo auf sein Auto zu, als plötzlich ein Transporter an ihm vorbei auf die hintere Scheune zurollte. Nachdem er den Wagen zum Stehen gebracht hatte, sprang der sehr jung aussehende Fahrer mit einem Satz heraus und ging um das Gefährt herum. Wütend riss er die Kapuze seines Sweatshirts herunter und raufte sich die raspelkurzen Haare. Als er Karlo auf dem Parkplatz erblickte, klopfte er zweimal an die seitliche Schiebetür.

11. Eingesperrt

Nein! Nicht einsperren! Nicht schon wieder! Nicht in den dunklen Schuppen!

Mit einem lauten Rums war die Tür ins Schloss gefallen. Ein Schlüssel war mehrmals herumgedreht und herausgezogen worden. Um Hans herum herrschte Dunkelheit. Modrige feuchte Dunkelheit hielt ihn fest umklammert. Er konnte nicht raus. Sie würden ihn nicht rauslassen. Wie lange wohl diesmal? Eine Stunde? Zwei Stunden? Oder einen ganzen Tag? Einmal hatte er sogar die Nacht hier verbringen müssen. Im Dunkeln. Ohne Essen und Trinken. Ohne Bücher, die er sowieso nicht gut lesen konnte. Allein mit sich und seiner Angst.

Warum machten sie das immer mit ihm? Was hatte er ihnen nur getan? Nur weil er einen Löffel Zucker genascht hatte? Was war schon ein Löffel Zucker! Er war doch immer so hungrig. Wegen der vielen Arbeit. Da wird er doch mal einen Löffel Zucker essen dürfen! Was gab ihnen das Recht, so mit ihm umzugehen? Warum waren sie so stark? Und er so schwach. Immer wieder mussten sie ihm zeigen, dass sie stärker waren! Die Herren im Haus. Schon längst hatte er es begriffen. Er wollte doch gar keinen Streit mit ihnen. Er wollte auch nicht kämpfen. Wozu? Sie sollten ihn nur endlich in Ruhe lassen!

Wo war nur Mutti? Warum hatte sie ihm nicht geholfen? Nie half sie ihm. Warum war auch sie so schwach? Warum ließ sie sich alles gefallen? Er wollte doch nur nach der vielen Arbeit neben ihr auf der Bank sitzen und den Vögeln beim Fliegen zusehen.

12. Lange her

Mit jedem Ton ihres gefühlvoll vorgetragenen Liedes verwandelte sich der zuvor noch so graue Raum mehr und mehr in eine farbenprächtige Toskanalandschaft. Leichtfüßig bewegte er sich auf sie zu, um mit ihr zu tanzen. Sie schwebte ihm mit ausgestreckten Armen entgegen. Doch plötzlich strauchelte er und wie aus dem Nichts marschierte plötzlich seine Liedertafel durch das Zimmer. Lautstark sangen die uniformierten Männer das russische Volkslied „Kalinka ... Kalinka ...“. Zusammengekauert in einer Ecke saß Herr Mantova und sah dem Geschehen mit großen Augen zu …

Karlo hob den Kopf von der Tischplatte, drehte den verspannten Nacken in alle Richtungen und blinzelte hoch zur Wanduhr: 16 Uhr. Da war er doch tatsächlich über der Zeitung eingeschlafen! Um ihn herum waren alle übrigen neun Tische des Frühstücksraums mit frischen weißen Tischdecken versehen und neu eingedeckt worden. Weißes Porzellan mit orangefarbener Serviette auf jedem Teller, darauf jeweils ein Frühstücksmesser. Die Tassen waren umgedreht. Noch etwas schlaftrunken sah Karlo von seinem Platz aus dem Fenster. Kinder spielten auf dem großen Parkplatz, auf dem nur sein Lieferwagen stand. Montag war immer Anreisetag. Der Platz würde sich erst im Laufe des Abends füllen. Und wo befand sich dieser kleine Leihwagen von Herrn Mantova? Immer noch nicht zurück von seinem nächtlichen Ausflug? Wo war dieser mysteriöse Gast, von dem niemand wusste, was er hier eigentlich wollte? Karlo strich sich die Haare zurück, reckte sich einmal kräftig und stand langsam auf. Noch etwas schlaftrunken schritt er durch die doppelte Schwingtür des Frühstücksraums. Von der Rezeption aus konnte er den Gang hinunterblicken, in dem die unteren Zimmer lagen.

Nach kurzem Zögern nahm er einen Schlüssel vom Schlüsselbrett und begab sich zum Zimmer Nummer acht. Was hatte den mysteriösen Mantova in diese Gegend und schließlich in sein Hotel geführt? Was lagen da zum Beispiel für Papiere auf dem Schreibtisch? Vorsichtig blätterte er den Stapel durch. Da fiel ihm eine verknitterte Schwarz-Weiß-Aufnahme in die Hände. Drei Männer mit rasierten Köpfen stützten sich schüchtern lächelnd auf altem Gartengerät ab. Hinter ihnen war ein Feld zu erkennen. Die drei trugen gestreifte Anzüge mit Nummern und einem Dreieck auf der Brust. In dem Dreieck war ein großes I zu erkennen. Sie sahen südländisch aus und wirkten recht abgemagert. Die Szene auf dem Foto dürfte eine ganze Weile her sein. Vielleicht so 50 oder 60 Jahre. Da! Ein entferntes Türenschlagen. Sollte Mantova etwa zurückgekehrt sein? Schnell schloss er die Tür hinter sich und zog den Schlüssel ab.

Mit dem Bild in der Hand kehrte er eilig an die Rezeption zurück, wo zu seinem Erstaunen Erne saß. Mit der akkuraten Hochsteckfrisur und ihrem beigefarbenen Twinset füllte sie die Bezeichnung Empfangsdame perfekt aus. Abgerundet wurde dieser Eindruck von ihrer vergoldeten Halbbrille, die sie heute an einem Band wie eine Kette vor der Brust trug. Karlo sah sie fragend an. Eigentlich hatte sie längst frei.

„Ich wollt' nur noch mal eben kieken, ob dat mit de' Zimmereinteilung für heut' Abend allens klappt“, informierte ihn Erne mit geschäftiger Stimme. „Familie Schulert wollt' doch gern wieder nach Zimmer fünf, dat mit dem größeren Bad. Und Herr Teschke muss in die Zwei, wegen dem extralangen Bett. Dat ist doch so’n langer Lulatsch!“

„Danke, Erne. Sie haben doch den besten Überblick!“, lobte Karlo seine umsichtige Angestellte, deren Übereifer ihm trotzdem etwas merkwürdig vorkam.

Als hätte sie das Lob gar nicht bemerkt, fuhr sie nicht

minder eifrig fort: „Ich wollt' Sie auch grad holen. Da stand eben 'ne junge Deern vor der Tür und wollt' Sie sprechen." Sie versuchte, möglichst neutral zu klingen, aber er konnte deutlich erkennen, dass es sie brennend interessierte, was eine junge Dame von ihrem alleinstehenden Chef wollte.

„Eine junge Dame für mich?" Da Karlo eher selten - also eigentlich nie - Besuch von jungen Damen bekam, war er überrascht.

„Sogar 'ne bannig hübsche Deern! Ich hab' sie reingelassen und nu' is' sie im Frühstücksraum."

„Dann will ich sie mal nicht länger warten lassen!", sagte Karlo eilig. Im Vorbeigehen betrachtete er sich noch einmal verstohlen im Spiegel neben der Rezeption. Seine Haare lagen auch schon mal besser am Kopf. Eine Spur zu hektisch fuhr er sich mit beiden Händen durch die Locken.

„Dat geiht, Chef! Vielleicht sollten Sie mal Ihr Hemd in die Büx stecken", sagte Erne mit einem ironisch abschätzenden Blick.

„Meinen Sie?"

„Dann sind Sie schier!"

„Schier?"

„Ordentlich."

Wollte er ordentlich oder locker rüberkommen? Karlo entschied sich im Moment für die zweite Option und ließ das Hemd an seinem Platz.

Bevor er den Frühstücksraum betrat, fragte Erne: „War'n Sie denn nu' bei Franco?" In ihrer Stimme war keinerlei Geschäftsmäßigkeit oder Ironie sondern nur noch echte Besorgnis zu erkennen.

„Ja ... komischer Kerl." Karlo hielt inne. „Nicht besonders auskunftsfreudig."

„Also wussten die auch nix?"

„Nicht richtig."

„Er is' immer noch nich' da ...“ Sie legte die Stirn in Falten.

„Nein.“

Karlo griff zur Türklinke. „Ich muss jetzt wohl mal ...“

„Dann man to.“ Trotz Sorgenfalten zwinkerte Erne ihm aufmunternd zu.

Sie war es! In seinem Frühstücksraum! An seinem Lieblingstisch direkt am großen Sprossenfenster, von dem aus man in seinen kleinen Garten blicken konnte, saß Gianna! Immer noch in weißer Bluse und engen Jeans. Gerade noch hatte er genau dort von ihr geträumt! Der kurze Weg von der Tür bis zum Tisch reichte aus, um Karlos Körper in einen überall kribbelnden Unruheherd zu verwandeln. Nervös fuhr er sich durch die widerspenstigen Haare und begrüßte sie mit sehr kontrollierter Stimme auf Italienisch:

„Ciao Gianna! Ich dachte, Sie hätten zu tun?“

„Sie sprechen italienisch?“, fragte Gianna auf Deutsch.

„Dank meines Vaters.“ Karlo erzählte kurz von den regelmäßigen Trainingsaufenthalten mit seinem Vater in Süditalien.

„Heute ist mein freier Nachmittag, das hat Franco wohl vergessen.“ Sichtlich angetan blickte sie sich im Frühstücksraum um. „Schön haben Sie es hier! Alles so hell und freundlich!“

„Haben wir auch gerade erst fertig renoviert. War 'ne ziemliche Arbeit“, entgegnete Karlo nicht ohne Stolz. Ungern dachte er an die diversen Tapetenschichten an den Wänden zurück, die einem freundlichen Gelb mit orangefarbener Borte gewichen waren.

Zögerlich setzte er sich zu ihr an den Tisch. „Und, was führt Sie hierher?“

„Franco wird mich wahrscheinlich umbringen ...“ Sie

machte eine kurze Pause und sah sich unbewusst um, bevor sie weiter sprach: „Aber ich lüge nicht gern und will auch keine Lügen unterstützen!“

„Ach ja? Dann hat sich der Italiener also doch bei Ihnen blicken lassen?“

Kurz blickte Gianna betreten zu Boden und atmete einmal tief durch. Sie begann zu erzählen: „Letzten Donnerstag war abends ein Mann bei uns, auf den Ihre Beschreibung passt. Der schlich eine ganze Zeitlang unsicher auf dem Hof herum, bis ich ihn irgendwann einfach angesprochen habe. Er wollte dann mit Franco reden, aber der war nicht da.“

„Und was hat er dann gemacht?“

„Er ist am Freitagmorgen wiedergekommen. Irgendwann habe ich ihn wieder auf unserem Gelände gesehen und zu Franco gebracht. Die beiden haben sich dann unterhalten.“

„Warum hat Ihr Chef dieses Zusammentreffen abgestritten?“, wunderte sich Karlo.

„Non lo so. Das weiß ich auch nicht, aber vielleicht lag es an dem Streit, den die beiden hatten.“

„Ein Streit?“

„Ich habe nicht verstanden, worum es ging, aber Franco war den ganzen Tag wirklich böse.“

Karlo rieb sich die Stirn und gab so die Sicht auf das Bild frei, das er immer noch in den Händen hielt. Gianna drehte den Kopf, um einen Blick darauf zu werfen. „Wo haben Sie das her?“

„Was?“

„Na, dieses Foto. Soweit ich mich erinnere, hatte dieser Italiener das Bild dabei und hat es Franco gezeigt. Später hat er auch mich danach gefragt. Aber ich konnte ihm nicht weiterhelfen. Nur ...“

„Ja, was nur?“

„Irgendwie erinnert mich der Linke auf dem Bild an

Franco, aber ich kann mich auch irren.“

„An Franco?“

Angestrengt betrachtete sich Karlo die drei kahlrasierten Männer. Gianna könnte recht haben: Obwohl ihre Gesichter sehr ausgemergelt waren, hatte der erste Mann eine ähnlich runde Kopfform wie der italienische Restaurantbesitzer.

„Natürlich ist die Aufnahme nicht so gut. Das kann auch Zufall sein.“ Gianna nahm das Bild kurz in die Hand und drehte es um. Dabei berührten sich ihre Fingerkuppen für einen kurzen Moment. Karlo spürte ein wohliges Zucken. „A.L.T.?”, las sie auf der Rückseite des Bildes. „Was mag das bedeuten?“

„Keine Ahnung“, sagte Karlo, nachdem er ihr das Bild aus der Hand genommen und selbst einen Blick auf die Rückseite geworfen hatte. „Haben Sie vielleicht eine Idee, wo dieses Bild aufgenommen worden sein könnte? Schließlich haben die Männer Nummern auf der Brust ...“

In dem Moment kam Erne mit einem Wäschekorb durch die Tür und lief langsam an den beiden vorbei. Dabei erhaschte sie einen Blick auf das Foto.

„Sind die aus Neuengamme?“

„Neuengamme?“ Natürlich wusste Karlo von dem ehemaligen Konzentrationslager hier in der Gegend. Er hatte es aber noch nicht besucht. Deshalb schaute er seine Angestellte fragend an.

Die setzte den Korb ab. „Darf ich?“

Wortlos reichte ihr Karlo die Aufnahme, die Erne eingehend betrachtete.

„Kann natürlich auch 'n anderes KZ gewesen sein … die armen Kerle sahen damals ja alle so aus.“

„Stimmt“, pflichtete Karlo ihr bei.

„Wo ham Sie dat her?“ Forschend sah sie ihren Chef an.

„Aus Mantovas Unterlagen.“

„Dascha 'n Ding."
„Wieso? Bitte nicht immer nur häppchenweise, Erne!"
„Er wollt' da hin. Nach Neuengamme."
„Hat er auch gesagt, warum?"
„Ne, hat er nich'. Er wollt' nur wissen, wie man hinkommt." Erne dachte nach. „Vielleicht sollten Sie da mal nachfragen ..."
„Als wenn ich nichts Besseres zu tun hätte!" Karlo schüttelte ungläubig den Kopf und informierte Gianna mit ironischem Unterton: „Erne glaubt, an mir wäre ein Sherlock Holmes verloren gegangen."
„Ich mein' ja nur ..." Erne konnte über die Bemerkung ihres Chefs gar nicht lachen. „... Ich muss dann auch mal zu Pott kommen. Bitte, entschuldigen Sie mich." Abrupt drehte sie sich auf dem Absatz um und verließ den Raum in Richtung Waschküche.
Gianna hatte die ganze Zeit geschwiegen und den beiden interessiert zugehört. Unruhig rutschte sie auf ihrem Stuhl hin und her.
Ratlos sah Karlo sie an. „Ich habe wirklich keine Ahnung, was ich von der ganzen Sache halten soll, Sie etwa?"
„Nein leider nicht. Ich habe Ihnen alles gesagt, was ich weiß." Nach einer kurzen Pause verabschiedete sie sich: „Ich glaube, ich muss jetzt wirklich gehen."
Karlo versuchte, seine Besucherin zum Bleiben zu überreden: „Aber wir könnten doch noch einen Kaffee zusammen trinken, wenigstens das!" In dem Moment schob er sich unbewusst die Ärmel hoch und entblößte so seine Unterarme. Zu seinem Erstaunen musste er feststellen, dass auf der Innenseite seines rechten Armes deutlich mit roter Schrift eine Nummer zu lesen war. Eingerahmt von einem unbeholfen gezeichneten Herzchen.
Er bemerkte, dass dies auch Giannas wachsamen Augen

nicht entgangen war. Entschlossen griff sie nach ihrer roten Strickjacke und stand auf. „Nein danke, ich habe zu tun." An der Tür drehte sie sich noch einmal zu ihm um. „Bitte sagen Sie Franco nicht, dass ich bei Ihnen war."

„Warten Sie!"

Etwas überhastet folgte er ihr. Gianna war schon durch die Tür auf dem Weg zur Rezeption.

„Lassen … Sie … wenigstens ihre Nummer da!" Über die Schulter hinweg sah sie ihn fragend an. „Falls … ich noch Fragen haben sollte", entgegnete er verunsichert.

„Und worauf soll ich schreiben? Auf den anderen Arm?"

Karlo schluckte. „Am Tresen müssten Zettel und Stift liegen.

Wortlos notierte sie ihre Nummer und reichte sie Karlo. „Das ist meine Handynummer. Abends arbeite ich aber."

„Danke. Man weiß ja nie."

Als sie sich vor der Tür verabschiedeten, hielt ein rosa Kleinwagen auf dem Hotelparkplatz. Bevor Gianna auf ihr Fahrrad stieg, hatte Karlo ihr – wie er es aus Italien kannte - einen Kuss auf jede Wange gegeben. Verwirrt blickte er ihr noch eine Weile hinterher. Mit eiligen Tritten in die Pedalen ihres Fahrrads entfernte sie sich schnell. Zwei ältere Frauen mit Körben in der Armbeuge spazierten in der Nähe vorbei. Sie grüßten ihn mit einem Nicken. Als der rosa Kleinwagen kurz darauf wieder wegfuhr, war Karlo bereits im Hoteleingang verschwunden.

„Dat wär's für heute", riss Erne ihren Chef aus seinen Gedanken. „Alles klar Schiff. Die Wäsche muss dann noch in den Trockner. Sie denken an die Anreisen?"

„Die werde ich dann verarzten. Die Wäsche natürlich auch!"

Karlo hoffte, dass er wirklich daran dachte. Viel zu oft hatte Erne ihn bereits ermahnt, dass er seinen Wäschepflichten nicht nachgekommen war.

Nach einigen Schritten drehte sie sich noch einmal zu ihm um. „Und … Sie … Sie sag'n Bescheid, ja?“

„Aber klar doch.“

„Wenn er morgen nich' zurück ist, dann müssen Sie die Polizei verständigen.“

„Das sehen wir dann, Erne, ruhen Sie sich jetzt aus.“

Als er es sich gerade auf dem Fernsehsofa in seiner Wohnung gemütlich gemacht hatte, klingelte das Telefon.

„Vierländer Hof, Kolberg?“

Schweigen.

„Hallo, was kann ich für Sie tun?“

Wieder Schweigen.

„Sprechen Sie bitte jetzt!“

Karlo legte auf. Da hatte sich wohl einer verwählt! Nach einer viertel Stunde wiederholte sich das Ganze noch einmal, und er knallte den Hörer genervt auf den Tisch.

Als das Telefon zum dritten Mal in Folge klingelte, nahm er wütend ab und polterte los: „Jetzt reicht es aber mal. Wenn Sie mir nicht sofort sagen, was Sie wollen, dann hol’ ich meine Trillerpfeife!“ Den Tipp hatte er einmal von einer Freundin gehört, die sich auf diese Weise obszöne Anrufer vom Leib geschafft hatte.

Da dröhnte eine ihm vertraute Stimme in den Hörer:

„Karl bist du es?“

„Papa?“

„Na, du hast ja eine reizende Art mit deinen Gästen zu reden!“

Karlo erklärte ihm kurz die Vorgeschichte. „Wie komme ich zu der Ehre deines Anrufs?“

„Ich bin morgen früh zum Training in Allermöhe. Hast du nicht Lust vorbeizukommen? Die Sabine will ihrem großen Bruder mal zeigen, was sie nach dem Trainingslager in Italien so drauf hat!“

Karlo verdrehte innerlich die Augen. Er hatte mit seiner eigenen Ruderkarriere abgeschlossen, als er 15 Jahre alt war und feststellen musste, dass man nur mit diszipliniertem Training weiterkam. Für seinen Vater war diese Entscheidung damals ein Riesenschock gewesen. Als ehemals erfolgreicher Ruderer und nicht minder erfolgreicher Rudertrainer war er derart ruderverrückt, dass sein Erstgeborener sogar den Namen des legendären Trainers Karl Adam bekommen hatte. Damals zählte dieser Name eher zu den Auslaufmodellen. Wenigstens hatten sie ihn nicht Adam getauft!

„Und wieso seid ihr in Allermöhe und nicht auf eurer Hausstrecke in Ratzeburg?“, wunderte sich Karlo.

„In zwei Wochen werden auf der Strecke die ersten Qualifikationsrennen für die Teilnahme an den Olympischen Spielen gefahren. Da geht’s um die Wurst.“

„Ah ja. Und was ist mit Mama, kommt die auch?“

„Die ist doch in Frankreich mit ihrem Chor.“

Nach kurzem Nachdenken willigte Karlo ein. Nächsten Morgen um 7.30 Uhr in Allermöhe am Steg.

13. Gefunden

Wie hatte das bloß passieren können? Hätte er vielleicht doch früher zur Polizei gehen sollen? Wie sage ich es Erne?

Dem Kommissar war sein bestürzter Gesichtsausdruck nicht entgangen. Scharf blickte er ihn an.

„Kennen Sie diese Person?"

Wie versteinert starrte Karlo auf Mantovas aufgedunsene Leiche hinunter. „Ja … er war … Gast … bei mir."

„Gast bei Ihnen?"

Spannich schien erstaunt und rückte sich erst mal umständlich die Brille zurecht. Auch Karlos Vater sah seinen Sohn verblüfft an. Kurz blickte Karlo in das stechende Augenpaar des Kommissars.

„Ich habe ein Hotel hier in der Nähe."

„Ach, das ist ja interessant!"

Natürlich wollte Spannich alles über den toten Hotelbesucher und seine Vorgeschichte wissen. Karlo gab ihm Auskunft, so gut er konnte.

„Seit zwei Tagen ist er nicht zum Frühstück erschienen und seine Sachen sind noch auf dem Zimmer, sagen Sie?"

„Ich wollte auch heute zur Polizei gehen ..." Karlo hielt inne, um dann etwas leiser fortzufahren: "... aber jetzt besteht dafür ja keine Notwendigkeit mehr."

Spannich schaute ihn durchdringend an, als vermutete er eine brisante Information direkt in Karlos hintersten Gehirnzellen. „Auf alle Fälle muss ich mir sein Zimmer ansehen. Sie haben doch hoffentlich nichts verändert?"

„Nein, nein, es ist so, wie er es verlassen hat."

Aus einem unbestimmten Gefühl heraus entschied sich Karlo, diesem unangenehmen Kommissar nichts von der Visitenkarte Francos oder dem Foto aus Neuengamme zu erzählen. Sollte er doch selbst etwas herausfinden!

Nach einigen abschließenden Fragen und Bemerkungen trug Spannich einem Uniformierten auf, die Personalien der beiden Männer aufzunehmen. Er selbst trat einige Schritte zur Seite, um ein Telefonat zu führen. Als er sein Handy zurück in die Jackentasche gesteckt hatte, wandte er sich noch einmal an Karlo und seinen Vater:

„So, Herr ..." Er blickte auf die Notizen seines Kollegen. „... Karl Kolberg. Ich möchte Sie bitten, mir umgehend Ihr Hotel zu zeigen."

„Und was ist mit mir?", fragte Karlos Vater ungeduldig.

„Ihnen danke ich fürs Erste. Halten Sie und Ihre Schützlinge sich bitte trotzdem für weitere Fragen bereit."

Daraufhin verabschiedete sich Karlo von seinem Vater, der jetzt endlich nach seinen Ruderinnen sehen wollte, und stieg ins Auto. Der Kommissar folgte ihm in seinem Audi. Der Spaziergänger, der kurz zuvor noch von der Brücke das Geschehen beobachtet hatte, huschte zu einem schwarzen Smart und fuhr den Männern hinterher.

„Ich hab's doch gewusst!" Erne brach sofort in Tränen aus. „Du ahnst es nich'! So'n feinen Kerl ..."

Bei ihren letzten Worten trat Kommissar Spannich durch die Eingangstür des Vierländer Hofs. Nachdem er mit seinen kleinen Augen Rezeption und Wände eingehend gescannt hatte, wandte er sich umgehend an die verheulte Erne:

„Ich nehme an, dass Herr Kolberg Sie soeben über den Vorfall informiert hat?"

Sie nickte schluchzend.

Spannich zückte wieder Notizbuch und Kugelschreiber. „Kannten Sie den Toten gut?"

„Wie man einen Gast nach 'n paar Tagen eben so kennenlernt", antwortete sie mit einem ihrer bestickten Stofftaschentücher vor der Nase.

„Und wie lernt man einen Gast hier so kennen?“ Der Satz enthielt einen beabsichtigten Unterton, der auch Erne nicht entgangen war.

Nachdem sie mit betont ruhigen Bewegungen ihr Twinset glatt gestrichen hatte, entgegnete sie dementsprechend knapp: „Wir ham beim Frühstück über dit un' dat geklönt.“

Spannich wirkte unbefriedigt und hakte nach: „Und? … ist Ihnen etwas Besonderes an dem Herrn aufgefallen?“

„Aufgefallen? Ja, dat er 'n feiner Mann war, mit ausnehmend guten Manieren.“

Bei der nächsten Frage schienen die stechenden Blicke des Kommissars durch Erne hindurchzugehen und am Schlüsselbrett der Rezeption wieder herauszukommen.

„Waren Sie ... ähm ... haben Sie vielleicht eine engere Beziehung zu Ihrem Gast unterhalten?“

„Nu' is' aber Zappenduster!“ Erne schien fassungslos. Beleidigt richtete sie sich auf und stemmte die Hände in die Hüften: „Ich bin seit fast fünfundzwanzig Jahren verheiratet!“

Kommissar Spannich ließ sich von ihrem Gefühlsausbruch nicht beirren und bohrte weiter: „Und Ihr Gatte ist damit einverstanden, dass Sie hier Plauderstündchen mit männlichen Gästen abhalten?“

Das ging nun wirklich zu weit! Karlo fühlte sich genötigt, vermittelnd einzugreifen, sonst hätte die aufgebrachte Erne dem Kommissar noch ihre gesamten Haarnadeln ins unsympathische Vogelgesicht geworfen.

„Lieber Herr Kommissar Spannich, Frau Wulffke ist zu jedem unserer Gäste sehr zuvorkommend, weil dies dem Credo unseres familiär geführten Hauses entspricht. Wir nehmen uns viel Zeit für unsere Hausbewohner, um uns auf diese Weise von den großen anonymen Hotels abzuheben.“

Spannich war ein wenig irritiert und sah von einem zum

anderen. Schließlich verharrte sein Blick auf Karlo. Im Folgenden war er merklich bemüht, seine vorherige Äußerung ein wenig abzuschwächen:

„Lieber Herr Kolberg, entschuldigen Sie bitte meine direkten Fragen, aber in diesem frühen Stadium gehen unsere Ermittlungen noch in alle erdenklichen Richtungen." Und nach einer kurzen Pause, in der er flüchtig seine Brille putzte, setzte er hinzu: „Nun gut. Das wär's für den Anfang, Frau Wulffke, ... aber ich komme sicherlich noch einmal auf Sie zurück."

Erne blickte währenddessen demonstrativ auf den Tisch hinter der Rezeption und tat dabei sehr beschäftigt.

„Könnten Sie mir jetzt bitte das Zimmer von dem Herrn zeigen?"

„Aber selbstverständlich, Herr Kommissar. Bitte, folgen Sie mir."

Zusammen gingen sie in den Flur vor Zimmer Nummer acht. Beim Aufschließen beschlich Karlo ein merkwürdiges Gefühl. Obwohl er den toten Herrn Mantova mit eigenen Augen gesehen hatte, konnte er sich durchaus vorstellen, ihn noch quicklebendig in seinem Zimmer vorzufinden. Natürlich war der Raum nach wie vor leer.

„Ich werde Sie dann besser allein lassen. Wenn Sie etwas brauchen, sagen Sie Bescheid."

„Vielen Dank, Herr Kolberg." Spannich setzte sich noch einmal seine Brille zurecht und stakste in den Raum.

An der Rezeption war mittlerweile Hinrich eingetroffen, um Erne abzuholen.

Höflich begrüßte Karlo den hochgewachsenen Mann, der noch seinen Arbeitsanzug samt erdverkrusteter Gummistiefel trug: „Guten Morgen, Hinrich."

„Moin."

„Haben Sie schon gehört?", erkundigte sich Karlo.

„Jo."

„Unglaubliche Geschichte!"

„Jo."

Hinrich reckte den Hals in die Richtung, aus der er Ernes baldiges Kommen vermutete. Endlich betrat sie den Flur. Langsamer als sonst. Ihre Augen waren immer noch ein wenig gerötet.

„Tschüss, Chef."

„Tschüss, Erne. Bis morgen."

Karlo sah dem Paar nach, wie es aus der Haustür trat. Ohne sich zu berühren gingen sie nebeneinander her. Hinrichs Hände steckten in den Hosentaschen, Erne umklammerte ihre Handtasche. Neben einem schwarzen Smart hielt sie an und holte ein Taschentuch heraus.

Nach ungefähr einer halben Stunde traf der Kommissar wieder an der Rezeption ein. Unter dem Arm trug er einen Stapel Papiere.

„Dieses sichergestellte Material werde ich mitnehmen und untersuchen lassen. Ist fast alles auf Italienisch, das muss übersetzt werden."

„Da haben Sie aber was zu tun!", entgegnete Karlo.

Spannich räusperte sich. „Das Zimmer habe ich übrigens versiegelt. Meine Kollegen von der Spurensicherung werden sich dort später ein wenig umsehen. Bis dahin darf nichts in dem Raum verändert werden!" Er begann, sich den Trenchcoat zuzuknöpfen. „So, das wär's fürs Erste. Ich fahre jetzt in mein Office. Haben Sie vielen Dank für Ihre Kooperation, Herr ... äh ...Kolberg."

14. Spurensuche

„Ey, Peter! Mach auf! Ich weiß, dass du da bist!"

Mit den Fäusten hämmerte Karlo an die schwere grün-weiß gestrichene Holztür der kleinen Kate. Als er fast schon wieder umkehren wollte, öffnete sich die Tür mit einem Ruck.

„Was'n los?", fragte der Bewohner des kleinen Hauses unwirsch.

Karlo wollte seinen Augen kaum trauen. Fast hätte er seinen Nachbarn nicht wiedererkannt! Die strubbeligen Haare waren gekämmt und vorher gründlich gewaschen worden. Der Bart war etwas gestutzt und – das Auffälligste – er trug ein sauberes weißes Hemd, das in einer ebenfalls sauberen Jeans steckte. Rechts und links von der Knopfleiste war es von Rüschen gesäumt. Peter sah aus wie ein Vorstadt-countrysänger.

„Was ist denn mit dir passiert? Ist denn schon Weihnachten?"

Wie gewohnt wollte Karlo ins Haus stürzen. Mit ausgestrecktem Arm hielt Peter ihn auf und sah seinen Nachbarn fast beschwörend an. Dabei machte er eine kurze Kopfbewegung in Richtung seines kleinen Wohnzimmers.

Langsam kapierte Karlo und schaffte es sogar, seine Tonlage auf Flüstern umzustellen: „Hast du etwa Besuch?"

Verlegen grinsend sah Peter zu Boden und scharrte etwas mit dem linken Fuß.

„Wer ist es denn? Kenn' ich sie?"

„Meike", flüsterte Peter.

„Meike? Welche Meike denn?"

„Aus'm Kindergarten."

„Ach ne, die Meike." Karlo wusste, dass Peter schon lange ein Auge auf eine der Erzieherinnen des benachbarten

Kindergartens geworfen hatte. „Sieh an, sieh an. Meinen Glückwunsch! Wie hat die sich denn zu dir verirrt?“

„Ihr Polo ist heut' Morgen verreckt.“

„Und da hast du mal eben überbrückt!“ Karlo stutzte. „Wieso ist sie dann noch hier?“

„Überbrücken kommt später. Sie wollt’ sich noch 'ne Scheibe ausleihen.“

Karlo hätte seine Neugier gerne noch weiter befriedigt, aber sein Gegenüber schien langsam ungeduldig zu werden.

„Könntest du vielleicht trotz dieses unglaublich wichtigen Dates mein Telefon bewachen? Ich müsste noch mal weg.“

„Wenn’s sein muss. Kommt denn noch wer an?“ Peter raufte sich die frisch gekämmten Haare.

„Eigentlich erst heute Abend. Aber ... das weiß man immer nicht so genau, deshalb würde ich die Anlage ungern aufs Handy umstellen.“

Karlo reichte Peter das Telefon, der es eher widerstrebend entgegennahm. „Und du schreibst alle Anrufe verständlich auf, ja?“ Bisweilen konnte es ziemlich anstrengend sein, Peters Hieroglyphen richtig zu deuten. Wenn er überhaupt etwas zu Papier brachte. Nicht nur einmal war es vorgekommen, dass plötzlich Gäste vor der Tür standen, die Peter vergessen hatte. „Da lief gerade dieser voll geile Film im Fernsehen, weißt du, und da muss ich das echt vergammelt haben.“ Trotzdem war dies nach wie vor die preisgünstigste Möglichkeit für ein bisschen Unabhängigkeit.

„Sonst noch was?“ Unübersehbar zog es Peter zurück in sein Wohnzimmer. Karlo überlegte kurz, ob er etwas von dem toten Mantova erzählen sollte, aber er wollte das Schäferstündchen nicht mit einer unappetitlichen Nachricht stören. Das hatte Zeit bis später.

„Hab Dank, ich beeile mich auch.“

„Okidoki!“

Mit einem weiteren Ruck drückte Peter die Tür wieder zu.

Die Gedenkstätte des ehemaligen Konzentrationslagers Neuengamme lag nicht weit vom Vierländer Hof entfernt. Bereits nach fünf Minuten Fahrtzeit bog Karlo rechts in den Jean-Dolidier-Weg ein. Er parkte seinen Wagen am Straßenrand gegenüber einer Steinsäule, die wie ein Schornstein hoch in den Himmel ragte. Während er die Straße überquerte, fiel ihm ein Dreiergrüppchen weißhaariger Männer auf. Sie betraten ein würfelförmiges Haus. Instinktiv folgte er ihnen.

Im Erdgeschoss waren zwei Modelle des Lagers zu besichtigen. Schweigend standen die drei Männer vor dem Lageplan auf der rechten Seite des Raumes. Einer von ihnen deutete auf ein bestimmtes Gebäude und sagte etwas dazu. Es klang Holländisch. Die anderen beiden nickten. Karlo stand ein wenig abseits. Er brauchte einen Moment, um sich auf dieses Kapitel der jüngeren deutschen Geschichte einzulassen. Organisierte Grausamkeit in vielen akkurat angeordneten Baracken. Die Vielzahl der Häuser wunderte ihn. In der Schule war viel über Auschwitz, Buchenwald oder Birkenau gesprochen worden, aber Neuengamme war ihm bis heute nicht als besonders bedeutend in Erinnerung geblieben. Hinter den Modellen führte eine nüchterne Zementtreppe in den ersten Stock.

Die hohen Wände in diesem Raum waren rot gestrichen. Dicht an dicht hingen lange weiße Fahnen an jeder Wand. In schwarzen Druckbuchstaben standen Namen auf dem weißen Stoff. Stumm schritt er an ihnen vorüber. Es mussten mehrere Tausend sein. Aus vielen Ländern Europas. Russen, Deutsche, Spanier, Franzosen, ja sogar Italiener hatten hier ihr Leben lassen müssen. Ein paar Plastikblumensträuße lagen wie tot in einer Ecke.

Er stieg wieder die graue Treppe hinab und ging weiter geradeaus in einen Raum, in dem sich sieben Holzstehpulte aneinander reihten. Die Pulte waren mit schwarzen Tüchern verhüllt. Karlo zog eines der Tücher zurück und betrachtete die aufgeschlagenen Bücher, die unter einer Glasplatte lagen. In einer alten Handschrift wurde hier Buch über die Häftlinge geführt: Nationalität, Geburtsdatum, Todestag, Todesursache. Unzählige menschliche Schicksale versteckten sich zwischen Zahlen, Spalten, Reihen und Kreuzen. Karlo fühlte eine ihm bisher unbekannte Übelkeit aufsteigen. Die drückende Atmosphäre in diesem Haus schnürte ihm mehr und mehr die Kehle zu. Er musste hier raus.

Nachdem er vor der Tür die frische Luft eingeatmet hatte, begab er sich in Richtung der hohen Säule. Er blinzelte in die heute so wunderbar angenehme Frühlingssonne und lauschte dem Zwitschern der Vögel. Vor mehreren etwas weiter entfernt liegenden Gewächshäusern drehten sich einige weiße Windkrafträder. Sein Weg führte ihn an mehreren Gedenksteinen vorbei, die an die Länder erinnerten, aus denen die Häftlinge stammten. Auf dem 15. Stein las er Italia. Jemand hatte einen Strauß gelber Nelken darauf gelegt. Für einen Moment blieb Karlo stehen. Abgesehen von einer Schulklasse, die sich um die Säule gruppiert hatte, war das Gelände nicht besonders überlaufen. Die drei Holländer befanden sich immer noch in dem Haus mit den Fahnen.

Ein Besucher verharrte bei den individuellen Gedenksteinen schräg gegenüber der hohen Säule. Karlo hatte das Gefühl, als würde der kleine Mann im braunen Wollmantel von Zeit zu Zeit zu ihm rübersehen. Als er es ihm gleichtat, fielen ihm seine dichten roten Haare auf. Sobald der Rothaarige Karlos Blick bemerkt hatte, wandte er sich wieder den Steinen zu.

Karlo folgte dem angezeigten Rundweg. Zunächst war ein altes Fabrikgebäude zu sehen, an dessen Rückseite sich alte Rampen befanden. Auf einer Tafel konnte er nachlesen, dass eine der Hauptaufgaben dieses Lagers in der Produktion von Baumaterial für Hamburg bestanden hatte. Die Häftlinge mussten die von ihnen produzierten Steine mit bloßer Muskelkraft über die schrägen Rampen schieben. Da die Steine auf schnellstem Wege in die Stadt transportiert werden sollten, wurde ein Großteil der Lagerinsassen zum Ausheben eines Stichkanals zu dem Fluss Dove-Elbe herangezogen. Über diesen Wasserweg sollten auch Rohstoffe in das Lager gebracht werden. Die Erstellung des Kanals zählte zu den härtesten Arbeiten und Unzählige hatten hier ihr Leben gelassen.

Der Rundweg endete schließlich an einem weitläufigen Platz. Dem Appellplatz. Bewegt ließ er den Blick über die Betonfläche schweifen. Mindestens zwanzig langgezogene Steinhaufen symbolisierten die Grundfläche ehemaliger Gebäude. Auf diese Weise wurden die Dimensionen des Lagers hervorgehoben. Karlo ließ den Platz hinter sich und begab sich zur Hauptausstellung, die sich in einem noch gut erhaltenen, geklinkerten Gebäude, einem ehemaligen Häftlingsblock, befand.

„Mensch, Karlo, was machst du denn hier?“

Erstaunt blickte er hoch in ein ihm wohlbekanntes Gesicht hinter dem Infotresen.

„Tobias?“

„Wie geil, ey! Hast dich aber gar nicht verändert!“

Du schon, dachte Karlo bei sich. Tobias’ lange Haare waren einem kurzen Bürstenschnitt zum Opfer gefallen. Außerdem trug sein ehemaliger Schulfreund eine schwarze

Hornbrille mit eckigem Rand.

„Tobias Kostritz!“

Etwas verlegen kratzte sich der Mann hinter dem Tresen am Kopf und antwortete:

„Brömmer, hab’ den Namen meiner Frau angenommen.“

Verblüfft zog Karlo die Augenbrauen hoch. „Verheiratet? Glückwunsch!“

Grinsend hob Herr Brömmer die beringte Hand.

„Du arbeitest hier?“

„Ich schreibe an meiner Promotion in Neuerer Geschichte und betreue ein Projekt in der Geschichtswerkstatt.“ Er war sichtlich stolz auf seine akademische Karriere. „Und du? Was machst du so? Was machen die Frauen?“

Kurz erzählte Karlo von seinem beruflichen Werdegang, ließ die nicht existenten Frauen aus und schloss mit dem eigentlichen Anliegen seines Besuchs in der Gedenkstätte: Seinem toten italienischen Gast Flavio Mantova, der ein Foto von drei mutmaßlichen Lagerinsassen auf dem Zimmer hatte. Er hielt es Tobias hin.

Der war beeindruckt. „Na, das nenn’ ich ja mal 'ne Karriere. Ein Hotel. Und das bei Karlo, der noch nicht mal 'ne Dose aufkriegt!“ Eingehend betrachtete er die Aufnahme. „Und dein Gast ist ertrunken?“

„Das ist noch nicht raus. Auf alle Fälle haben wir ihn im Wasser gefunden.“ Mit knappen Worten berichtete Karlo von den Vorkommnissen am heutigen Morgen. „Vielleicht handelt es sich bei den Männern auf dem Foto ebenfalls um Italiener. Da will ich mich aber nicht festlegen.“

„Das ist durchaus möglich. Laut unseren Recherchen waren mindestens 1.200 Italiener in diesem Lager.“ Tobias betrachtete eingehend die Arbeitsanzüge und deutete auf das Dreieck: „Auf alle Fälle waren das Politische … und wenn mich nicht alles täuscht, steht da ein I in dem Dreieck. I wie

Italiener. Jeder Häftling hatte damals sein passendes Abzeichen mit entsprechender Nationalität.“ Er kratzte sich am Kopf. „Sag mal, kann ich mir mal eben 'ne Kopie machen? Dann frage ich noch mal einen Kollegen danach.“

„Klar, mach' nur!“

Tobias verschwand kurz im Nebenraum. Anschließend vermerkte er auf der Rückseite der Kopie Karlos Telefonnummer, die er ihm diktierte. Dann reichte er das Foto zurück. „Wenn ich was herausgefunden habe, meld’ ich mich bei dir. Dann müssen wir uns unbedingt mal treffen.“

„Klar, das wär’ echt cool. Also, danke noch mal und mach’s gut.“

Obwohl Karlo nicht viel Neues in Bezug auf Mantova erfahren hatte, überkam ihn ein Gefühl der Erleichterung, als er endlich in sein Auto steigen und diesen beklemmenden Ort verlassen konnte.

So langsam sollte er Peter wieder ablösen. Peter auf Freiersfüßen im Rüschenhemd! Na, mal sehen, wie sich das Date so entwickelt hatte.

Bevor er in seine holprige Straße einbog, kam Karlo erneut am Haus von Erne und Hinrich vorbei. Am Anfang ihrer Zufahrtstraße stand ein Schild mit dem Hinweis:

„Große Auswahl an Küchenkräutern – besuchen Sie uns im Gewächshaus.“

Hatte Christians Friedhofsgärtner nicht Küchenkräuter gegen die Schnecken gepflanzt? Das war einen Versuch wert!

Sein Auto stellte er neben dem Gewächshaus ab, das direkt hinter dem reetgedeckten Haupthaus lag. Gleich dahinter erstreckten sich zwei weitere dieser Glashäuser. Vorsichtig öffnete er die durchsichtige Tür des ersten Gewächshauses und trat in das warme Gebäude. Er watete durch den matschigen Boden und sah sich dabei ein wenig um. Weiter hinten waren zwei Männer damit beschäftigt, einige der Gewächse in Kartons zu setzen. Entschlossen ging Karlo auf sie zu.

„Entschuldigung. Ist Erne Wulffke hier irgendwo?“

„Ne, die ist mal eben weg“, antwortete der Kleinere der beiden Männer.

„Und was ist mit Herrn Wulffke?“

„Hinten im Schuppen am Fluss. Immer gerade runter. Können Sie gar nicht verfehlen.“ Bei diesem letzten Satz blickte der Mann schon wieder auf seine Arbeit.

Karlo verabschiedete sich von den beiden.

Der Schuppen stand am Ende der Gewächshausreihe, fast am Ufer der Dove-Elbe. Hermann aus dem Chor hatte ihm einmal erklärt, dass mit dem plattdeutschen Zusatz „Dove“ nicht etwa ein blödes Gewässer gemeint war, sondern ein tauber Seitenarm der Elbe, der wenig bis gar keine Strömung hatte.

Als er sich dem kleinen Holzhäuschen näherte, war von innen leises Hämmern zu vernehmen. Auf sein zaghaftes Klopfen an der Eingangstür wurde ihm nicht geöffnet. Deshalb ging er um das Haus herum und versuchte, einen Blick durch das ziemlich verdreckte Fenster zu werfen. Er sah undeutlich einen Mann, der mit einem größeren Gegenstand hantierte. Karlo überlegte, was er tun sollte. Eigentlich war sein Anliegen nicht so wichtig, als dass er nicht Erne morgen danach fragen konnte. Also beschloss er, sich wieder auf den Weg zu machen.

Plötzlich drehte sich der Mann um und Karlo erkannte Hinrich, der eine Schutzbrille trug. Karlo ging um den Schuppen herum. Hinrich öffnete die Tür und wischte sich die Hände an seiner Arbeitskleidung ab, die mit silbernem Lack verschmiert war. Er machte einen ziemlich verärgerten

Eindruck.

„Entschuldigen Sie, dass ich so hereinplatze, aber ich habe gerade das Schild an der Straße gesehen und wollte ein paar Kräuter gegen die Schnecken bestellen."

„Schnecken?" Hinrich zog die Augenbrauen hoch.

„Ja, da sollen doch angeblich Küchenkräuter helfen, oder nicht?"

„Kann sein. Aber keine Petersilie."

„Keine Petersilie?"

„Die fressen sie."

„Ach so."

Eine Pause trat in das Gespräch. Hinrich machte keinerlei Anstalten, in Richtung der Gewächshäuser zu gehen. Ihn zog es wieder in seinen Schuppen. So, wie Peter vorhin unbedingt zurück in sein Wohnzimmer wollte. Oh, Peter! Karlo sah auf die Uhr. Er musste ihn wirklich mal ablösen.

„Danke. Sie können Erne ja schon mal Bescheid sagen."

„Können Sie auch selbst machen. Sie ist im Hotel."

„Bei mir?" Karlo war erstaunt. Erne hatte doch frei!

„Wo denn sonst?"

Hinrich tippte an seine silber gesprenkelte Mütze und schlurfte zurück in den Schuppen.

15. Gegenwind

„Ist sie noch da?“ Neugierig linste Karlo an Peter vorbei.

„Ne, gerade gegangen.“ Sein Nachbar grinste breit über das heute nicht ganz so zottelige Gesicht und reichte Karlo das Hoteltelefon samt einiger sorgfältiger Notizen zurück.

„Und?“

„Was und?“ Peter mimte den Ahnungslosen und kostete die Rolle des stillen Genießers voll aus. Seine Arme hielt er vor der berüschten Brust verschränkt.

„Na, was wohl! Will sie dich wiedersehen?“

„Jo. Morgen Abend im Steppenwolf.“

„Herzlichen Glückwunsch!“

„Danke ... ich hätt' da aber so’n kleines Problem ...“

„Was denn?“

„Ach, ist eigentlich auch nicht so wichtig, aber ...“ Er sah an sich und seinen Rüschen herunter. „... Heute hab’ ich klamottenmäßig so ziemlich alles aufgefahren, was mein Schrank so hergibt. Und ...“

„Jetzt weißt du nicht, was du morgen anziehen sollst.“

„Exakt.“

„Kein Problem, kannst ja mal bei mir gucken. Vielleicht findest du in meinem Schrank das richtige Outfit für’s zweite Date.“

Erleichtert strahlte Peter ihn an. „Das wär’ echt megacool von dir.“

Karlo überflog kurz die Notizen. Zwei Anfragen, eine Stornierung. Ganz guter Schnitt. Und Frau Erd-Fels aus dem Amt. Sie brauchte noch eine weitere Unterschrift. Was auch sonst. Wann er wohl endlich seine Erweiterung vornehmen konnte? Bevor wieder die Wut in ihm aufsteigen konnte, hatte Peter den Notizen noch etwas hinzuzufügen:

„Als Meike gerade am Gehen war, hat noch so 'n Typ angerufen. Tat ziemlich wichtig. War wohl 'n Bulle. Kommissar Spanner oder so. Du sollst ihn zurückrufen.“ Fragend blickte Peter Karlo an.

Karlo seufzte. Er musste seinen Nachbarn wohl doch noch von Wolke sieben herunterholen. „Kannst du dich an diesen italienischen Gast erinnern, der dich mal nach einem Zimmer gefragt hat?“

„Ja, was ist mit dem? War das etwa ein Mafiosi?“

„Er ist tot. Sie haben ihn heute Morgen in der Dove-Elbe gefunden. Ich war dabei.“

Peters Augen weiteten sich. „Wie, du warst dabei?“

„Wir waren beim Rudern.“

Peter biss sich auf die Unterlippe. „Oh Mann, voll die Härte.“

Einen Moment herrschte Schweigen.

Dann hakte Peter nach: „Und … wer kann das gewesen sein?“

„Keine Ahnung, die Polizei tappt noch im Dunkeln.“

„Mensch Alter, hier in der Nachbarschaft wird 'ne Leiche gefunden ... Und wenn das 'n Serienkiller war? Gibt’s doch ohne Ende!“

Karlo verspürte im Moment keine große Lust auf eine Fortsetzung des Gesprächs.

„Hab Dank, Peter, ich muss jetzt rüber.“

Zögernd öffnete Karlo die Eingangstür. Seit dem grausigen Fund am heutigen Morgen umgab sein Hotel so etwas wie ein unsichtbarer Trauerflor. Hier war zwar kein Mord geschehen, aber in dem Gebäude befand sich das Zimmer eines Ermordeten. Schwerfällig ließ er sich auf dem antiken Sessel neben der Rezeption nieder. Von dort aus konnte er den Gang entlang sehen, der zur Nummer acht führte. Unvermittelt musste er wieder an das Lager denken, an die organisierte Grausamkeit gleich vor seiner Haustür. Und irgendetwas hatte Flavio Mantova damit zu tun. Nur was?

„Die Waschmaschine is' kaputt.“ Erne war aus dem Frühstücksraum getreten. Die Ärmel ihrer weißen Strickjacke hatte sie hochgekrempelt. „Peter muss gleich wohl noch zur Kirche, irgendwas reparieren, aber morgen will er sich die Maschine mal ankieken. Vorhin war er ja anderweitig beschäftigt.“ Ein wenig spöttisch verzog Erne die Mundwinkel.

„Anscheinend ist unser Peter auf Brautschau.“, bemerkte Karlo.

„Und ich dacht' der Deckel muss noch gegossen werden, der auf den Döds passt“, sagte Erne leicht belustigt.

Dann herrschte Schweigen.

„Ich kann dat noch gar nich' fassen.“

„Ich auch nicht, Erne.“

„Vielleicht war dat 'n Psychopath, der noch frei rumläuft.“

„Jetzt fangen Sie nicht auch noch damit an, Erne!“, entgegnete Karlo ungeduldig. „Peter redet auch schon von einem Serienmörder.“

„Kann doch sein, im Fernsehen ...“

„Ich war vorhin in Neuengamme ...“, unterbrach Karlo sie. „Unglaublich, dass so ein großes Lager hier gleich um die Ecke liegt!“

Erne verzog die Mundwinkel und seufzte leise in sich hinein.

„Wurde bei Ihnen zu Hause darüber geredet?“

„Nich' viel. Hinrichs Mutter konnt’ sich noch gut an die Häftlingstrecks erinnern. Da hat sie mal wat von vertellt. Und mein Großonkel hatte Ärger mit den Aufsehern da. Der war mal mit seinem Pferdefuhrwerk unterwegs gewesen. Als sie an einem dieser Arbeitstrupps vorbeikamen, wollte einer der armen Kerls ausbüchsen, und plötzlich ham die losgeballert."

„Und dann?"

„Ein Pferd hat 'ne Kugel abgekriegt und musste später eingeschläfert werden."

„Und was hat Ihr Großonkel dann gemacht?"

„Der hat sich natürlich beschwert. Ganz bis nach oben soll er gegangen sein, aber keiner hat ihm den Gaul ersetzen wollen."

Schon bald nach seinem Umzug in die Vierlande hatte Karlo seine Vorliebe für Radtouren auf den kurvigen Deichen entdeckt. Dafür zog er lediglich Fahrradschuhe mit Klickverschluss an und ließ das Hotel hinter sich. Ein Helm wäre nicht zuletzt zur Bändigung seiner Lockenpracht sicher praktisch gewesen, galt aber in seinen Augen als ein eher uncooles Accessoire. Außerdem liebte er es, den Fahrtwind an seinem Kopf zu spüren. Unweit des Zollenspiekers, einem beliebten Ausflugsort vor allem für Motorradfahrer, die von dort aus mit der Fähre über die Elbe nach Niedersachsen fuhren, bog er in den Marschbahndamm ein. Über die ehemalige Bahnstrecke fuhr er in Richtung Bergedorf. Heißgeschwitzt und mit gerötetem Gesicht erblickte er schließlich das italienische Restaurant „Da Franco".

Als hätte sein Ausflug von Anfang an kein anderes Ziel gehabt, stieg er wie selbstverständlich von seinem Rad und verschnaufte für einen Moment im Schutz einer Gruppe hoher Bäume. Von seinem Standort aus hatte er einen guten Blick über den großzügigen Parkplatz, den das Restaurantgebäude und die alte baufällig wirkende Scheune wie ein L umgaben. Was mochte wohl in dieser Scheune sein? Langsam schlenderte er über den Parkplatz auf das alte Gebäude zu. Die wenigen Fenster waren teilweise kaputt und allesamt mit alten verschlissenen Gardinen verhangen. Karlo trat an eines der Fenster heran und versuchte hineinzusehen. Doch sofort wich er zurück. Ein Augenpaar hatte ihn durch einen Gardinenspalt angeblinzelt. Es war nicht hell genug, so dass er die Person gut hätte erkennen können, aber die dunkle Hautfarbe war nicht zu übersehen. Plötzlich bemerkte er, dass sich die große Scheunentür öffnete. Schnell wich er zurück und versteckte sich hockend hinter einem Müllcontainer. Aus dem Augenwinkel konnte er eine zierliche Person mit dunklen langen Locken beobachten, die eilig auf den Seiteneingang des Restaurants zueilte und schnell dahinter verschwand. Während er sich aus der unbequemen Hocke emporstreckte und langsam auf das Restaurant zuging, wirbelten unzählige Gedanken in seinem Kopf herum. Was hatte es mit dieser Scheune auf sich? Wer hatte ihn da angesehen? Was hatte Gianna dort zu suchen?

„Was wollen Sie denn um diese Zeit hier? Wir haben noch geschlossen!“

Von ihm unbemerkt war Franco aus der kurz zuvor von Gianna genutzten Nebentür getreten und baute seinen massigen Körper vor ihm auf. Karlo beschlich das dunkle Gefühl, dass es im Moment besser für ihn wäre, den Italiener nicht auf die Scheune und deren dunkelhäutige Bewohner anzusprechen.

„Haben Sie schon gehört? Mein italienischer Gast ist heute früh ertrunken aufgefunden worden.“

„Und? Was habe ich damit zu tun?“ Der Italiener unterstrich seine Worte mit ausladenden Gesten. „Ich habe Ihnen doch gesagt, dass ich den Herrn nicht kenne.“

Einer inneren Eingebung folgend hielt Karlo ihm die mittlerweile etwas verknickte Schwarz-Weiß-Aufnahme hin, die noch immer in seiner hinteren Hosentasche steckte.

„Kennen Sie dieses Foto?“

Nach einem flüchtigen Blick auf das Bild stieß Franco

hervor: „Ich habe es noch nie vorher gesehen.“ Seine Augen verengten sich zu schmalen Schlitzen. „Warum fragen Sie?“

„Ich habe das Foto bei meinem Gast auf dem Zimmer gefunden. Er soll es in der Nachbarschaft herumgezeigt haben.“

„Ah ja? Mir bestimmt nicht! Warum auch?“

In dem Moment blickte Gianna aus einem der oberen Fenster, ohne dass Franco sie sehen konnte. Karlo reagierte auf ihr schüchternes Winken mit einem verstohlenen Lächeln.

„Bitte, belästigen Sie mich nicht länger mit Ihren Fragen.“

Damit drehte Franco sich auf dem Absatz um und bewegte seine Körpermassen in Richtung der Tür. Was hatte dieser Mann nur zu verbergen?

Langsam begab sich Karlo zu seinem Fahrrad, das bei der Baumgruppe auf ihn wartete. Er sah noch einmal zum oberen Fenster des Restaurantgebäudes. Von dort aus blickte ihn Gianna auf eine Weise an, die wieder die altbekannte Nervosität in ihm auslöste. Als er ihr noch einmal lässig zuwinken wollte, hatte er seine Schuhe dummerweise schon in die praktischen Klickpedalen gesteckt. Prompt verlor er das Gleichgewicht und fiel wie ein angeschossenes Pferd mit seinem Fahrrad auf die Seite. Gianna sah erschrocken zu ihm herüber. Doch plötzlich wandte sich ihr Kopf nach hinten, und sie verschwand aus seinem Blickfeld.

Oh, Mann! Hörte das denn nie auf? Slapstick-Karlo schaffte es auch immer wieder im falschen Moment so richtig danebenzuliegen. Die musste ihn ja für den Volldeppen überhaupt halten!

16. Geflohen

„Hier bist du!“ Karlo lehnte sein Fahrrad an den separat zur Kirche gelegenen Glockenturm, in dessen Eingang Pastor Christian Himmel stand. „Ich habe Licht in deiner Küche gesehen, aber keiner hat aufgemacht.“

„Und da traust du dich, in der Dämmerung hier auf dem Friedhof herumzuschleichen? Das nenn’ ich aber verdammt … entschuldige … echt mutig von dir!“

„Was’n los?“, fragte Karlo mit einem Nicken zum Turm.

„Peter guckt mal nach der Glocke. Irgendwas ist mit der Mechanik nicht in Ordnung.“ Er machte eine kurze Pause, bevor er mit ernster Stimme weitersprach: „Und selbst?“

„Was soll ich sagen?“

„Peter hat mir eben die Geschichte von dem Italiener erzählt.“ Betroffen sah er Karlo an. „Unfassbar! Vor ein paar Tagen saß er noch auf der Bank da hinten. Quicklebendig!“

Einen Moment lang schwiegen die Männer.

„Weiß man schon Näheres?“, erkundigte sich der Pastor.

„Nicht wirklich. Da ist so ein Kommissar dran. Aber irgendwie gefällt der mir gar nicht.“

„Du musst ihn ja nicht gleich heiraten. Hauptsache, er macht seinen Job.“

„Genau dabei habe ich meine Zweifel. Der ist so geschäftsmäßig und überhaupt nicht betroffen.“

„Man kann ja nicht davon ausgehen, dass der bei jeder Leiche erst einmal in Tränen ausbricht. Das erwartet die Trauergesellschaft von mir als Pastor auch nicht.“

Karlo schüttelte leicht den Kopf. „Das meine ich ja auch gar nicht. Ich habe nur irgendwie das Gefühl, dass dieser Spannich lediglich Routine an den Tag legt und damit nicht weit kommen wird.“

Christian runzelte die Stirn. „Was heißt das jetzt konkret?“

„Konkret ist deine Glocke jetzt heil, und du kannst uns wieder die Ohren voll bimmeln!“ Peter wischte sich die leicht öligen Hände an einem ebenso öligen Tuch ab. Seine Haare standen schon wieder in alle Richtungen. Das Rüschenhemd hatte bereits Flecken vom Glockenfett. Jedoch schien sich der leicht entrückte Gesichtsausdruck von vorhin in seinem Gesicht eingebrannt zu haben.

„Klasse Peter, vielen Dank. Was bin ich dir schuldig?“

„’n Platz im Motorradhimmel, wenn’s recht ist.“

„Reicht dir der Siebte im Moment nicht?“

Kaum hatte er seinen Satz ausgesprochen, sah Karlo eine Gestalt in einem roten Wollmantel auf das benachbarte Kirchgebäude zu eilen. Als sie zuerst zaghaft dann mit großer Kraft an dem Hauptportal rüttelte, drehten alle ihre Köpfe.

Christian verdrehte die Augen, faltete die Hände und stöhnte: „Dona nobis pacem! Gönnt eurem Pastor doch mal den wohlverdienten Feierabend!“

Trotzdem schritt er entschlossen zur Kirche. Karlo folgte ihm. Irgendwie kam ihm die Gestalt bekannt vor. Das konnte doch nicht …? Oder doch? In dem Moment drehte sie sich zu den Männern um und zog die Kapuze herunter.

„Gianna!“, entfuhr es Karlo.

„Sie?“ Die junge Italienerin starrte ihn erschrocken an.

„Ach? Ihr kennt euch?“ Fragend sah Christian von Karlo zu Gianna und setzte bedauernd hinzu: „Leider müssen wir die Kirche nachts abschließen. Auch vor Curslack macht das Verbrechen nicht Halt.“

„Ach so, ja, ich dachte nur ...“ Betreten wandte Gianna den Blick zu Boden.

Karlo fiel auf, dass ihre Augen leicht gerötet waren. Sie sah aus wie ein kleines verlorenes Kätzchen, das nach einer

Zuflucht suchte. Er hätte sie am liebsten sofort in die Arme genommen und nie wieder losgelassen. Aber er blieb im selben Abstand vor ihr stehen.

Peter näherte sich dem kleinen Grüppchen und fragte Gianna direkt:

„Arbeitest du nicht bei diesem Italiener? Fredo, Franco oder so?“

„Franco. Ja, das stimmt.“

Nach einem prüfenden Seitenblick auf Gianna, die sich in dieser Situation sichtlich unwohl fühlte, hatte Christian endlich ein Einsehen und griff ein:

„Kann ich als Hausherr dieser leider im Moment verschlossenen Kirche noch etwas für sie tun?“

„Nein, danke. Ich wollte Sie nicht stören. Entschuldigen Sie meine Unhöflichkeit.“

Abwehrend hob der Pastor die Hände. „Kein Problem, kommen Sie einfach zu einer meiner nächsten Messen, dann steht Ihnen die Kirche gerne offen. Mi casa es tu casa!“

„Danke“, antwortete sie kurz angebunden. Verstohlen blickte sie zu Karlo hinüber.

„Peter, wir gehen mal eben zu mir ins Haus und …“ Der Pastor stockte. „… und gucken nach meiner Kaffeemaschine, da hakt was.“ Dabei griff er nach Peters Arm und zog ihn mit sich.

Peter guckte irritiert und hob kurz die Hand: „So long!“

Endlich standen Karlo und Gianna allein in der Dunkelheit vor der Kirche. Kühle Abendluft breitete sich aus.

Verzweifelt blickte Gianna vom verschlossenen Kirchportal in Richtung Himmel und fing plötzlich an zu weinen. Wie selbstverständlich schloss Karlo sie in seine Arme. Sie vergrub ihr Gesicht in seiner weichen Fleecejacke und schluchzte. Ganz leicht streichelte er ihren Rücken.

„Was ist passiert?“

„Ich weiß doch nicht wohin ... Wohin soll ich nur gehen?"

„Was ist denn mit Franco?"

„Ach Franco ... idiota, tonto, imbecille ..."

„Was hat er getan? Hat er Sie etwa ..." In Karlo kochte Wut hoch. „... geschlagen?"

„No. Nein, er hat mich nicht geschlagen. Das ist es nicht. Er ist nur … so ... so ein Unmensch. È cattivo. So böse."

„Hat das mit unserem Gespräch von vorhin zu tun?"

Gianna löste sich aus Karlos Umarmung und nickte. Dann atmete sie einmal kurz durch, strich die Haare zurück und fing an zu erzählen: „Nachdem Sie heute beim Restaurant waren, hatte Franco sehr schlechte Laune. Immer wieder hat er mich gefragt, ob ich Ihnen von dem Bild erzählt habe, das der Italiener ihm gezeigt hat."

Karlo bekam ein schlechtes Gewissen. „Und was haben Sie ihm gesagt?"

„Ich habe ihn angelogen, weil er so wütend war." Sie reckte beide Hände in die Luft. „Franco und Ihr Gast haben sich letzte Woche sehr gestritten."

„Das sagten Sie bereits."

„Eines habe ich aber noch nicht erzählt. Er hat Franco immer wieder vorgeworfen: „Sei come loro! Du bist genauso wie die!"

Karlo war irritiert. „Wen kann er damit gemeint haben?"

„Was ich Ihnen jetzt erzähle, haben Sie nicht von mir erfahren, chiaro?" Gianna blickte ihn beschwörend an. „Seit einiger Zeit kommen bei uns auf dem Hinterhof Lastwagen mit Menschen an, die ein paar Nächte in der Scheune bleiben und dann weggebracht werden. Sie sehen oft sehr ängstlich aus und werden auch nicht besonders gut behandelt. Deshalb gebe ich ihnen manchmal etwas aus der Küche."

Karlo erinnerte sich an den heutigen Nachmittag, als

Gianna aus der alten baufälligen Scheune mit den verhangenen Fenstern gehuscht war. Und natürlich an das Augenpaar, das ihn aus einem der Fenster angesehen hatte. „Und wie oft kommt das vor?“

„Das ist unterschiedlich. Letzte Woche sogar zweimal kurz hintereinander.“ Sie machte eine Pause, um sich eine ihrer Locken aus dem Gesicht zu streichen. „Dieser Italiener muss mitbekommen haben, wie wieder ein paar dieser armen Menschen aus dem Schuppen herausgetrieben und auf mehrere Autos verteilt worden sind.“

„Wo werden die denn hingebracht?“

„Franco hat nie mit mir darüber geredet.“

Karlo wurden einige Zusammenhänge klar. Außerdem erinnerte er sich an die radebrechende Person bei seinem ersten Anruf. Wahrscheinlich ein ehemaliger Scheunenbewohner. Gedankenversunken blickte er zum Glockenturm hinüber.

„Und deshalb streitet Franco mir gegenüber jede Verbindung zu Mantova ab?“

Gianna überlegte kurz und entwickelte ihre eigene Theorie: „Möglicherweise hat Ihr Gast sofort herausgefunden, dass mit der Scheune etwas nicht in Ordnung sein kann und Franco hat aus Angst, dass auf diese Weise seine Machenschaften herauskommen würden, jeglichen Kontakt weit von sich gewiesen.“ Sie wartete einen Moment, bevor sie weiter sprach: „Und dann ist vorhin noch ein Italiener gekommen. Auch er wollte unbedingt Franco sprechen.“

„Ein anderer Italiener?“, wunderte sich Karlo. „Wie sah der aus?“

„Jünger als Ihr Gast. So um die vierzig. Nicht groß. Und er hatte rote Haare.“

„Und was wollte er von Franco?“

„È incredibile! Unglaublich! Auch er hat Franco ein Foto

gezeigt. Das gleiche Foto mit den drei Männern." Gestenreich unterstrich sie ihr Erstaunen. „Franco war so wütend und hat den armen Mann sofort rausgeschmissen."

Plötzlich wurde Karlo bewusst, dass Gianna noch gar nichts vom Tod Mantovas wissen konnte. Er schlug vor, sich auf eine nah gelegene Bank zu setzen.

„Ich weiß nicht, ob Franco Ihnen das schon erzählt hat, aber ... Herr Mantova ist … leider ... tot."

„Tot? Oh, mein Gott! Das ist ja furchtbar!" Erschrocken hielt sie die Hände vors Gesicht. „Glauben Sie … ich meine … Sie denken doch nicht etwa, dass Franco ...?"

Natürlich drängte sich dieser Gedanke auch Karlo auf. Aber konnte die Tatsache, dass Mantova irgendwie von den krummen Geschäften mit diesen illegalen Arbeitern etwas mitbekommen hatte, als Motiv herhalten? Er war ratlos.

„Sie könnten erst mal bei mir bleiben."

Ungläubig sah sie ihn an. „Sind Sie sich da sicher?" Verlegen kaute Gianna auf ihrer Unterlippe, bis sie schließlich einwilligte: „Aber nur heute Nacht. Morgen suche ich mir etwas."

„Wir müssen die Sache anzeigen", sagte Karlo vorsichtig. „Was halten Sie davon, wenn ich morgen bei der Polizei anrufe?"

Gianna blickte ihn voller Entschlossenheit an. „Ich will, dass Franco endlich das Handwerk gelegt wird."

Karlo kam in den Sinn, dass die Flüchtlinge über das Eingreifen der Polizei wahrscheinlich nicht sehr erfreut sein würden. Schließlich hielten sie sich illegal auf deutschem Boden auf und würden voraussichtlich umgehend in ihre Heimat abgeschoben, wo sie dieselben schwierigen Lebensumstände erwarteten, vor denen sie geflohen waren. Trotzdem musste Francos Machenschaften Einhalt geboten werden. Der hatte mit diesem modernen Sklavenhandel sicherlich eine Menge schmutziges Geld verdient.

„Wie sind Sie eigentlich zu Franco gekommen?“, fragte Karlo während sie ihre Fahrräder über den Kirchvorplatz zur höher gelegenen Deichstraße schoben.

„Das ist eine lange Geschichte. Vor langer Zeit hat meine Mutter meinen Vater im Urlaub in Italien kennen gelernt und ist nach vielen anfänglichen Schwierigkeiten schließlich zu ihm nach Viareggio gezogen.“

„Deshalb sprechen Sie so gut deutsch?“

„Die Mamma hat von Anfang an großen Wert darauf gelegt, dass ich mich mit meinen Verwandten in Deutschland unterhalten kann. Mit zwanzig habe ich angefangen, Musik zu studieren und bin bis auf die letzte große Prüfung fast fertig geworden.“

„Und was ist dann passiert?“

Sie machte eine Pause und sah hinüber zu den Spielgeräten des Kindergartens, an dessen Ecke sie in die kleine Straße des Vierländer Hofs einbogen. Ihre Stimme wurde leiser: „Mein Vater ist plötzlich vor zwei Jahren gestorben. Da er sich mit einem kleinen Laden selbständig gemacht und sehr verschuldet hatte, konnte die Mamma mein Studium zunächst nicht weiter unterstützen.“

„Das tut mir leid.“

„In Italien war es sehr schwer für mich, eine Arbeit zu finden. Nachdem ein entfernter Verwandter von unserer Not erfahren hatte, machte er den Vorschlag, dass ich bei einem seiner Kunden in Deutschland im Restaurant arbeiten und wohnen könnte. So bin ich dann vor einem viertel Jahr nach Hamburg gekommen. Ich wollte hier so lange arbeiten, bis ich genug gespart habe, um mein Studium zu beenden. Deshalb war ich Franco auch immer dankbar, aber jetzt ...“ Sie blieb stehen und blickte Karlo entschlossen in die Augen.

„Ich will, dass er diese Menschen nicht weiter quält!“

„Das wird die Polizei schon regeln.“

Mittlerweile waren sie auf dem Hotelparkplatz angekommen. Als er gerade den Schuppen zwischen Hoteleingang und Peters Kate aufschließen wollte, um die Fahrräder dort hineinzuschieben, hörten sie hinter sich ein Geräusch. Als würde jemand aufspringen und schnell wegschleichen. Irritiert sah Karlo sich um.

„Was war das?“, fragte Gianna ängstlich.

„Keine Ahnung!“

Gianna flüsterte: „Vielleicht Franco?“

Karlo dachte nach.

„Warum sollte der hier herumschleichen? Nein, das werden irgendwelche Tiere gewesen sein. Vielleicht Marder.“

An der Rezeption zogen sie ihre Jacken aus. Unter ihrem Wollmantel trug Gianna einen enganliegenden roten Pullover, der sich genau an den richtigen Stellen wölbte. Prompt fielen Karlo die Schlüssel aus der Hand. Beide bückten sich schnell und wollten danach greifen. Dabei stießen sie leicht mit den Köpfen zusammen.

„Oh, Entschuldigung!“, sagte Karlo verlegen.

„Non fa niente. Macht nichts!”, lachte Gianna.

Während sich beide lächelnd die Stirn rieben, klingelte plötzlich das Telefon. Karlo war noch ein wenig geistig abwesend und ließ es ein paar mal klingeln.

„Wollen Sie nicht rangehen?“ Gianna deutete auf den Ursprung des Klingelns.

„Wer kann das schon sein! Um diese Zeit!“ Schweren Herzens griff Karlo doch noch zum Hörer, der auf der Station hinter der Rezeption lag.

„Vierländer Hof, Kolberg?“

Keiner meldete sich.

Entnervt legte er auf.

Gianna gähnte. „Sono stanca. Ich bin müde."

„Dann sollten wir ..."

„N' Abend, Herr Kolberg!" Ein Gast in gestreiftem Schlafanzug und braunem Morgenmantel hatte sich ihnen genähert. Gianna bedachte der hochgewachsene Mann mit einem kurzen Nicken.

„Guten Abend, Herr Teschke", begrüßte Karlo ihn freundlich. „Kann ich noch etwas für Sie tun?"

„SAT 1 tut et nich'."

„SAT 1?"

„Ja, da kommt doch gleich die Zusammenfassung der Champions-League."

„O.k. Ich seh' mir das mal an." Entschuldigend sah er zu Gianna hinüber, die ihm zuraunte:

„Ich warte hier."

Nach ungefähr einer halben Ewigkeit, in der sich Herr Teschke über die taktischen Vorzüge der Viererkette und die ungerechten Schiedsrichter ausließ, fand Karlo endlich den gewünschten Kanal und wünschte seinem dankbaren Gast noch einen unterhaltsamen Abend. Endlich raus hier!

Hoffentlich hatte sich Gianna die Sache nicht noch anders überlegt und war geflüchtet. Auf dem Weg zurück zur Rezeption warf er einen Blick auf seine Uhr: Halb elf.

Zum Glück stand sie noch am Tresen und lächelte ihn schüchtern an. „Na, alles erledigt?"

„Das gehört halt dazu." Verlegen kratzte er sich am Kopf. „Tja … leider ist das ganze Hotel belegt. Ich kann Ihnen nur mein bescheidenes Schlafzimmer anbieten."

„Und Sie?", fragte Gianna mit unschuldigem Augenaufschlag.

„Ich hab' genug Platz auf dem Sofa, machen Sie sich da mal keine Gedanken."

Gemeinsam schritten die beiden die knarrende Treppe zu

seiner Wohnung hinauf. Nachdem sie über den kleinen Flur die Wohnung betreten hatten, führte Karlo sie durch das Wohnzimmer in sein daran angrenzendes Schlafzimmer.

Gianna geriet sofort in Verzückung über den Alkoven, der mit üppigen Schnitzereien verziert war: „Che bello! Wie wunderschön! Das ist ja wie auf einem Schiff, oder wie für eine Principessa."

„Ich habe bestimmt irgendwo eine Erbse für den Prinzessinnentest, wie wär's?"

„Scherzo?" Gianna lächelte unsicher.

„Ich scherze nie!", entgegnete Karlo mit ironischer Strenge, nachdem er eilig versucht hatte, seine wahllos auf dem Boden zerstreuten Kleidungsstücke zusammenzuräumen und sie nebenan im Wohnzimmer in einem großen Haufen über den Sessel zu legen.

„Und aufräumen?"

„Dabei hilft mir Erne."

„Da haben Sie aber Glück, sie gefunden zu haben!"

„Ja, manchmal muss man einfach Glück haben."

Karlo war nah an Gianna herangerückt und konnte den Blick nicht mehr von ihr abwenden. Nie mehr! Die unglaublichste Frau, die er je hatte kennen lernen dürfen, stand in seinem Schlafzimmer! Er hob die Hand, um eine lockige Strähne aus ihrem Gesicht zu streichen. Sie zuckte zusammen und trat einen Schritt nach hinten. Karlo zog sofort die Hand zurück und fuhr sich verlegen über den Kopf.

Er lag bereits auf Elfis Blümchencouch, als Gianna noch einmal an ihm vorbeihuschte, um sich im angrenzenden Bad für die Nacht fertig zu machen.

Fragend sah sie ihn an: „Hätten Sie ...?"

„Ja?"

„Hätten Sie vielleicht ein großes T-Shirt oder so?"

„Meine T-Shirts werden für Sie alle groß sein. Kein

Problem.“

Ein verstohlenes Lächeln huschte über ihr Gesicht, während sie verlegen mit einer ihrer langen dunklen Locken spielte.

„Ich mach’ mich dann mal fertig. Legen Sie es einfach auf das Bett.“

Umständlich suchte Karlo in seinem Wandschrank im Schlafzimmer nach einem passablen T-Shirt ohne Löcher oder unbekämpfte Flecken. Nachdem er ein schlichtes Weißes gefunden hatte, legte er es auf die kleine Dockenbank. Als er gerade aus dem Zimmer gehen wollte, kam ihm Gianna entgegen, die offensichtlich ihre Abendtoilette beendet hatte.

„Ich hab’s da hingelegt.“ Karlo deutete hinter sich. „Hoffentlich passt es!“

„Oh, danke!“ Verlegen lächelte sie ihn an.

Nach einigen sprachlosen Sekunden, die Karlo wie eine halbe Ewigkeit vorkamen, machte er Anstalten, den Raum zu verlassen. Eine Sache lag ihm noch auf dem Herzen.

„Ich bin übrigens … Also, ich heiße … ähm ... wollen wir uns nicht duzen? Karl, aber alle nennen mich Karlo.“

„Warum Karlo?“

„Das kam irgendwie so. Wegen Italien, denke ich.“

„Piacere, Karlo! Gianna!“

„Na, dann schlafen Sie, ähm ... schlaf gut!“

Gianna stand noch vor dem Türrahmen. Als er an ihr vorbeiging, streckte sie sich unvermittelt zu ihm hoch und küsste sanft seine linke Wange.

„Gute Nacht und vielen Dank.“ Genauso schnell zog sie sich von ihm zurück und entschwand ins Schlafzimmer, dessen Tür langsam ins Schloss fiel.

Eine Weile lehnte Karlo wie benommen am Türrahmen. Unsicher betastete er seine linke Gesichtshälfte. Sie hat mich geküsst! Sie hat mich wirklich geküsst! Gianna liegt in meinem Bett in meinem Schlafzimmer! Und sie hat mich geküsst! Ziemlich lange lag er noch wach und hegte unrealistische Wünsche: „Wenn ich die Augen schließe und langsam bis drei zähle - dann öffnet sich die Tür. Wenn es mir gelingt, eine Minute nicht an die Person auf der anderen Seite der Tür zu denken, dann denkt sie vielleicht an mich. Vielleicht hat sie ja auch plötzlich Angst und braucht eine männliche Schulter, oder ihr ist kalt, oder ...“

Wahrscheinlich hatte er entweder zu langsam oder viel zu schnell gezählt und es nicht eine Sekunde geschafft, nicht an Gianna zu denken. Irgendwann fiel Karlo in einen unruhigen Schlaf.

17. Die Mafia?

Hier wohnt ein Itakerfreund!

SPAGETIFICKER

Ausländer raus aus Curslack!

„Ach du Scheiße!"

Fassungslos starrte Karlo auf die dunkelblauen Buchstaben, mit denen die rote Klinkerwand neben dem Hoteleingang beschmiert worden war. "Das gibt's doch nicht! Wer macht denn so was?"

„Da hab' ich mich aber verjagt heut' Morgen!" Mit vor dem Gesicht gefalteten Händen stand Erne zitternd neben ihm. „So 'n Briet"

Karlo wunderte sich jedes Mal, wenn er hörte, dass ungehobelte Menschen und schlecht erzogene Lausejungs in den Vierlanden Brieten genannt wurden. Vor fünf Minuten hatte er noch mehr oder weniger bequem eingekuschelt auf seinem Sofa gelegen. Nach den ersten Schrecksekunden musste er sofort an seinen Übernachtungsgast Gianna denken, die hoffentlich noch schlief. Der Alkoven war glücklicherweise ein guter Schallschutz. Auf keinen Fall durfte sie diese Schmierereien zu Gesicht bekommen!

„Weg! Das muss sofort weg! So schnell wie möglich!"

Entrüstet sah Erne ihren Chef an. „Ja, aber nu man sachte. Den Schweinkram muss sich doch die Polizei ansehen. Ich dacht', Sie rufen diesen Kommissar an!"

„Und was macht der dann? Strafanzeige gegen unbekannt und das war's. Das bringt doch nichts! Nein, ich werde das jetzt ganz schnell wegmachen."

Erne war fassungslos. „Ja, aber glauben Sie denn nich', dassas was mit Herrn Mantova zu tun hat?"

Mit einem Blick auf sein noch verdunkeltes Schlafzimmerfenster entgegnete Karlo: „Nein, das kann ich mir nicht vorstellen. Das waren ein paar dumme Jungs, glauben Sie mir."

„Dumme Jungs? Na, wie Sie meinen!" Äußerst beleidigt rückte Erne ihr gelbes Twinset zurecht. Ohne sich noch einmal umzublicken, ging sie wieder ins Haus, um die verbliebenen Frühstücksgäste weiter zu bedienen.

„Was'n bei dir los?" Von Karlo zunächst unbemerkt hatte sich Peter neben ihn gestellt. Aus noch ziemlich verschlafenen Augen blinzelte er in Richtung der Wandverunstaltung. „Schöne Scheiße!", entfuhr es ihm. Nach einem Moment stutzte er: „Wieso denn eigentlich immer Italien und so? War dein Gast so 'n schlimmer Finger, oder was?"

„Weiß ich auch nicht", entgegnete Karlo. Im Moment wollte er Giannas Anwesenheit in seinem Schlafzimmer noch unerwähnt lassen. Für eine Weile betrachteten die beiden Männer schweigend die Wand. „Wieso bist du eigentlich so früh schon auf?" Prüfend sah er an Peter herunter, der mit einer löchrigen Jogginghose und einem verwaschenen T-Shirt bekleidet war. „Was hast du denn vor?"

„Wollt' mal 'n bisschen joggen."

„Joggen?", fragte Karlo ungläubig. „So so, ob einmal Joggen was bringt bis heute Abend? Ich weiß ja nicht."

Peter zog die Schultern hoch. „Irgendwann muss man ja mal anfangen."

„Mit dem Training für den Waschbrettbauch, oder wie?"

„Warum nicht?"

Mit Blick auf die Wand erkundigte sich Karlo bei Peter: „Sag mal, hast du nicht 'ne Idee, wie ich das schnell wegbekomme?“

Peter überlegte kurz: „Vielleicht übersprayen …“

„Übersprayen?“ Nach einem kurzen Moment des Abwägens pflichtete er seinem Nachbarn bei: „Ja, warum eigentlich nicht. Hast du zufällig was da?“

„Ich könnt’ mal gucken.“

Nach fünf Minuten Suche in seiner chaotischen Werkstatt drückte Peter Karlo eine Spraydose mit roter Farbe in die Hand: „Da, versuch das mal. Ich muss jetzt aber, wird sonst echt zu spät. Später komme ich bei euch vorbei, wegen der Waschmaschine.“

„Alles klar.“ Karlo wollte sich schon wegdrehen, als ihm noch etwas einfiel: „Sag mal, wolltest du nicht auch noch outfittechnisch mal gucken?“

„Klar, gute Idee, bis später!“ Nach wenigen Metern drehte Peter sich noch einmal um und rief ihm grinsend zu: „Was ging denn da gestern Abend noch mit der kleinen Kirchenmaus?“

„Erzähl' ich dir beizeiten. Viel Spaß beim Joggen!“

Hektisch versprühte Karlo die rote Farbe auf seiner vor Kurzem restaurierten Hauswand. Also war da gestern Abend doch jemand um sein Haus herumgeschlichen! Nur wer? Wer beobachtete ihn und seine Gäste? Sonst hatte ja auch keiner bemerkt, dass Gianna die Nacht bei ihm - in getrennten Räumen - verbracht hatte. Oder war Franco seiner entflohenen Kellnerin gefolgt? Was hatte der sonst noch auf dem Kerbholz? Nachdem drei ungleich breite rote Streifen auf seiner Wand zu sehen waren, ging er wieder ins Haus.

Wie immer, wenn alle Tische im Frühstücksraum belegt waren, setzte er sich zum Frühstücken an die Rezeption. Wortlos brachte ihm Erne seinen Kaffee und die Morgenzeitung. Auf der ersten Seite sprang ihm die Schlagzeile entgegen:

„WASSERLEICHE VON ITALIENER IN VIERLANDEN - WAR ES DIE MAFIA?“

Immer diese dämlichen Klischees! Ein toter Italiener in einem deutschen Fluss konnte natürlich nur von der Mafia in diesen Zustand versetzt worden sein. Sollten das die Leute glauben? Kopfschüttelnd las Karlo das Kleingedruckte unter der reißerischen Titelzeile:

„Am gestrigen Dienstagmorgen haben die Insassen eines Ruderbootes und eines begleitenden Motorbootes im Schilf am Ufer der Dove-Elbe in Allermöhe die Leiche des Herrn M. aufgefunden. Der Tote war italienischer Nationalität und verbrachte aus bis jetzt noch unbekannten Gründen ein paar Tage im Hamburger Naherholungsgebiet Vier- und Marschlande. In dem Ruderboot befanden sich die deutschen Olympiahoffnungen Sabine Kolberg und Mandy Klotz. Nach Aussage ihres Trainers Dieter Kolberg, ehemaliger Olympiazweiter im Männerachter, sind die beiden Athletinnen zurzeit zu keiner Stellungnahme bereit. In Hinsicht auf die anstehende Olympiaqualifikation in den nächsten Tagen wolle er jede unnötige Aufregung von seinen Schützlingen fernhalten ...“- als würde die Meinung der beiden irgend etwas in dem Fall bewirken - *„... Wie der ermittelnde Kommissar Dirk Spannich uns wissen ließ, seien die näheren Umstände des Todes noch unklar. Eine Obduktion der Leiche stehe noch aus. Zu einem möglichen Zusammenhang mit der italienischen Mafia wollte sich der Kommissar nicht weiter äußern. Ihre Ermittlungen gingen aber in alle erdenklichen Richtungen.“*

Reiner Sensations-Journalismus! Natürlich wusste Karlo auch nicht genau, ob Flavio Mantova eventuell Verbindungen zur Mafia gehabt hatte. Eigentlich wusste er gar nichts von seinem toten Gast. Aber dieser Schreiberling stellte das Ganze einfach so dar. Hauptsache eine Lösung, die der breiten Leserschaft plausibel erschien. Wenn er da beispielsweise an einige Mitglieder seines Gesangsvereins dachte, konnte er sich gut vorstellen, dass sich deren Einstellung mit der in diesem Artikel propagierten deckte. „Italiener - die haben doch alle irgendwie mit der Mafia zu tun. Sollen die sich ruhig gegenseitig umbringen aber uns dabei in Ruhe lassen!“

„Buongiorno“, erklang es leise von der Treppe. Eine frisch geduschte, gefönte, wunderschöne Gianna war die Stufen hinabgestiegen, die unter ihrem geringen Körpergewicht sogar das Knarzen verweigert hatten.

Karlo sprang auf und stieß seinen Kaffeebecher um. Hektisch versuchte er mit einer gezielten Handbewegung den noch nicht in der Zeitung eingezogenen Kaffeerest in den Papierkorb zu schütten. Dabei lächelte er Gianna unsicher zu.

„Guten Morgen! Ausgeschlafen?“

„Ich habe wunderbar geschlafen in meiner kleinen Kajüte! Und du?“

„Auch ganz wunderbar“, log Karlo ohne rot zu werden. Das Blümchensofa war ja sehr praktisch zum Einschlafen vor dem Fernseher, aber für die ganze Nacht nicht unbedingt zu empfehlen. „Wie sieht es mit Frühstück aus? Das Buffet ist noch aufgebaut.“ Karlo nickte in Richtung Frühstücksraum.

„Nur ein Kaffee und ein kleines Brötchen, das reicht.“ Erwartungsvoll sah sie ihn und das Telefon hinter ihm an. „Und? Hast du schon die Polizei angerufen?“

„Die Polizei?“ Karlos Nervosität wuchs. Er befürchtete plötzlich, dass sie doch etwas von den Schmierereien mitbekommen haben könnte.

„Ja. Wegen der Sache mit Franco.“

Erleichtert atmete er auf. „Ach so, ja ... Nein, das habe ich noch nicht geschafft. Mache ich sofort! Prontissimo!“

„Gut.“

Für einen Moment trafen sich ihre Augen. Er senkte seinen Blick, sie reckte das Kinn in die Höhe. Keiner sagte ein Wort, bis Erne hektisch an der Rezeption auftauchte. Mit einem interessierten Seitenblick musterte sie die Italienerin.

„Gut, dass Sie kommen Erne. Darf ich Sie bitten, meinen Gast in den Frühstücksraum zu begleiten?“

„Ihren Gast?“ Mit einem riesigen Fragezeichen auf der Stirn sah sie ihren Chef an. Dann blickte sie zu Gianna, die sie freundlich anlächelte. „Ach so, ja, natürlich. Folgen Sie mir bitte.“ Mit ihren typischen kleinen energischen Schritten und vor dem Bauch gefalteten Händen ging sie auf den Frühstücksraum zu.

Karlo senkte seine Stimme: „Wollen wir heute Abend vielleicht zusammen essen?“

„Das wäre sehr schön.“

„So um acht?“

„Va bene!“

Kaum waren die Frauen verschwunden, griff Karlo zum Telefonhörer. Da er sonst keinen Polizisten kannte und Francos Machenschaften vielleicht tatsächlich etwas mit dem ganzen Fall zu tun hatten, wählte er entschlossen die Nummer, die auf der Visitenkarte des Kommissars angegeben war.

Für Karlos Geschmack eine Spur zu hektisch bellte dieser ins Telefon: „Spannich?“

„Kolberg hier, der mit der italienischen Wasserleiche."
„Ach ja, was kann ich für Sie tun? Haben Sie eventuell neue Infos oder Updates für mich?"
Karlo berichtete von dem, was Gianna ihm gestern zu Francos Scheune und deren Kurzzeitbewohnern erzählt hatte und rundete das Ganze mit seinen eigenen Beobachtungen ab. Die Schmierereien an seiner Hauswand erwähnte er in dem Zusammenhang genauso wenig wie den rothaarigen Italiener, der Franco das gleiche Bild gezeigt hatte
„Vielleicht haben Sie Glück und die Menschen sind noch in der Scheune. Das Geschäft scheint zu florieren."
Missmutig presste Spannich hervor: „Und warum haben Sie mir davon nicht früher erzählt? Jede noch so kleine Information ist für den Erfolg des Projekts wichtig!"
So, so, es handelte sich also um ein Projekt!
Der Kommissar sammelte sich und fuhr fort: „Nun gut, wie dem auch sei, wir werden der Sache nachgehen." Er machte eine kleine Pause, bevor er weitersprach – wahrscheinlich rückte er sich wieder die Brille zurecht. „Glauben Sie eventuell an einen Zusammenhang zwischen dem Tod des Italieners und den soeben geschilderten Vorgängen?"
„Das müssen Sie herausfinden, Herr Kommissar."
Selbstgefällig entgegnete dieser: „Da haben Sie wahrscheinlich recht."
Eines wollte Karlo von dem Projektleiter „italienische Wasserleiche" noch wissen:
„Sagen Sie mal - der Herr Mantova ...?"
„Ja?"
„Ist der eigentlich ertrunken oder war er vorher schon tot?"
Spannich zögerte, bevor er antwortete: „Eigentlich darf ich Ihnen zu den Obduktionsergebnissen nichts sagen - nur so viel: In seinem Körper war nicht nur Wasser, sondern

auch jede Menge Pflanzengift."

„Pflanzengift?" Karlo war verblüfft.

„Ja, das macht die ganze Sache nicht unbedingt leichter, das können Sie mir glauben, Herr Kolberg."

„Kann ich mir vorstellen."

„Ich hätte da übrigens auch noch eine abschließende Frage an Sie hinsichtlich dieses Restaurants."

„Ja, fragen Sie nur."

„Sie haben erzählt, dass ein Großteil Ihres Wissens auf der Aussage dieser Kellnerin beruht."

„Ja genau, Frau Gianna Moretti."

„Könnte es nicht sein, dass diese Person ein bestimmtes Interesse damit verfolgt?"

„Was für ein Interesse?", fragte Karlo ahnungslos.

„Herr Kolberg, Sie kennen doch die Frauen!" Spannich lachte überheblich. „Vielleicht will sie ihrem Chef, wobei wir beide gar nicht wissen, ob er tatsächlich nur ihr Chef ist, nur übel mitspielen."

„Warum sollte sie das tun?"

Wieder dieses Lachen!

„Was weiß ich, wozu der Mensch fähig ist: Eifersucht. Damit verbundene Rachegelüste. Verschmähte Liebe. Es gibt unzählige Möglichkeiten."

Karlo war mit seiner diplomatischen Geduld am Ende. Die Verdächtigungen des Kommissars konnten einen wirklich zur Weißglut bringen. Der würde sogar seiner Oma zutrauen, aus den abstrusesten Beweggründen ihren Lieblingspudel umgebracht zu haben! Mit größten Schwierigkeiten riss er sich trotzdem noch einmal zusammen.

„Lieber Herr Kommissar Spannich, ich lege für Frau Moretti meine Hand ins Feuer. Meine eigenen Beobachtungen sagen mir, dass sie die Wahrheit erzählt."

„Dann verbrennen Sie sich mal nicht die Finger, mein

lieber Herr Kolberg!“ Er lachte schon wieder. „Bitte, halten Sie sich zu meiner weiteren Verfügung. Was nicht heißen soll, dass Sie als Amateurdetektiv selbstständig tätig werden. Haben wir uns da verstanden?“

„Verstanden.“

„Nun gut. Außerdem soll sich auch diese italienische Kellnerin bereithalten. Ich habe sicherlich noch Fragen an sie.“

Dieser Wichtigtuer! Amateurdetektiv! Dass ich nicht lache! Karlo starrte noch einen Moment das Telefon an, bis seine Gedanken wieder klarer wurden. Er brauchte schließlich einen kühlen Kopf, um den heutigen Abend zu planen. Wo sollte er nur mit Gianna hingehen? Er war so lange raus aus dem Frauen-Ausgeh-Geschäft, dass ihm im Moment nichts Originelles einfiel. Restaurant, Kneipe, Konzert? Im Zuge dieser Überlegungen erinnerte er sich plötzlich an seinen heutigen Chorabend. Auch wenn er sich nicht mit Gianna verabredet hätte, verspürte er nach den unerfreulichen Ereignissen der letzten Tage keine rechte Lust, dort hinzugehen. Deshalb sollte er lieber gleich bei seinem Dirigenten persönlich absagen. Dieses Verfahren war einmal so vereinbart worden und Karlo wollte sich als relativ frisches Chormitglied lieber daran halten. Leider hatte er die Liste mit den Telefonnummern seiner Sangesbrüder mal wieder irgendwo verlegt, so dass er auf das kleine Bergedorfer Telefonbuch zurückgreifen musste. Trotz emsiger Suche an der Rezeption war das gewünschte Verzeichnis nicht auffindbar.

Als er sich gerade von seinem Stuhl erheben wollte, trat ein gut gelaunter Herr Teschke aus dem Frühstücksraum.

„Guten Morgen!“, begrüßte ihn Karlo.

„Guten Morgen!“, grüßte der großgewachsene Mann zurück.

„Und war heute alles in Ordnung?“

„Bestens! Pünktlich wie die Bundesbahn!“ Herr Teschke rückte ein wenig näher an den Tresen heran. „Ihre neue Mitarbeiterin, diese Ausländerin, also, die is' wohl 'n echter Hingucker! Respekt!“

„Meine neue Mitarbeiterin?“ Karlo war irritiert. „Ach so, ja ja.“

„Schön' Tach auch!“ Herr Teschke nickte ihm noch einmal zu und eilte zur Tür hinaus.

Bei seinem Eintreten in den Frühstücksraum versetzten Karlo zwei Dinge in Erstaunen: Während Gianna sich bemühte, die mittlerweile unbesetzten Tische vom dreckigen Geschirr zu befreien, lief im Hintergrund ein klassisches Klavierkonzert.

„Was machst du denn da?“, fragte Karlo verwundert.

„Entschuldige bitte, ich mache das gleich leiser.“ Umgehend begab sie sich zur Musikanlage und drehte den Lautstärkeregler ein wenig herunter.

„Ich meinte nicht die Musik. Wieso deckst du die Tische ab?“

„Ich helfe Erne.“

„Das musst du aber nicht!“

Energisch stemmte sie die Hände in die schmalen Hüften und warf den Kopf zurück. „Das will ich aber! Schließlich durfte ich auch hier übernachten.“

Amüsiert sah Erne von einem zum anderen.

„Sagen Sie mal, Erne, wo ist eigentlich das kleine Telefonbuch von Bergedorf?“

„Is' dat nich' inne Schieblade?“

„Nein.“

Sie dachte nach. „Wenn mich nich' alles täuscht, dann hat Herr Mantova es sich mal ausgeliehen. Kieken Sie doch mal auf sein' Zimmer.“

Nach einem kleinen Stoßseufzer in Richtung Gianna verließ Karlo den Frühstücksraum und betrat wieder einmal den letzten Aufenthaltsort von Flavio Mantova. Das Siegel war zwar schon entfernt, aber der Raum noch nicht abschließend von der Spurensicherung zur Vermietung freigegeben worden. Alles sah hier so aus wie gestern. Zu seinem Erstaunen entdeckte er nach kurzem Suchen tatsächlich das Telefonbuch im Nachttisch und nahm es an sich.

Als er schließlich unter den vielen Eckers die Nummer seines Dirigenten Manfred gefunden hatte, bemerkte er, dass genau davor ein dünnes kaum erkennbares Kreuzchen gemacht worden war. Er selbst konnte das nicht gewesen sein. Schließlich waren die Telefonbücher ziemlich neu. Außerdem hatte er Manfreds Nummer noch nie zuvor gebraucht. Mit dem Buch in der Hand eilte er an die Rezeption, wo Erne stirnrunzelnd versuchte, die kaffeebefleckte Zeitung in einen lesbaren Zustand zu versetzen.

„Sagen Sie mal Erne, ist dieses Kreuz hier von Ihnen?“

Nach einem kurzen Blick auf die entsprechende Stelle im Telefonbuch schüttelte sie erstaunt den Kopf: „Warum dat denn?“

„Das sollte ja auch kein Vorwurf sein. Ich wollte es nur wissen. Hat sich sonst noch jemand das Buch ausgeliehen?“

Sie überlegte einen Moment. „Dat kann ich mir nich' vorstellen. Hab' dat eben erst von der Post geholt.“

„Aber warum sollte der Herr Mantova Manfreds Nummer anstreichen?“

„Wat weiß ich, vielleicht wollt' er ja in Ihr'n Gesangsverein eintreten!“

Mit dieser schnippischen Bemerkung verabschiedete sie sich in Richtung Frühstücksraum. Nach kurzem Überlegen griff er zum Telefonhörer und rief die angekreuzte Nummer an. Auch nach mehrmaligem Klingeln nahm keiner ab.

18. Alles Mist

Zwei einander zugewandte Pferdeköpfe zierten den Giebel des beeindruckenden Hufnerhauses. Viele alte Höfe in den Vierlanden schmückten sich auf diese Weise, jedoch waren diese beiden Exemplare besonders aufwändig gearbeitet und darüber hinaus auch noch vergoldet. Eine solche Pracht hatte Karlo in Curslack noch nicht gesehen.

Beim Aussteigen klingelte plötzlich sein Handy.

„Kolberg?"

„Karlo? Tobias hier. Was machst du?"

„Hi Tobias. Also, wenn du's genau wissen willst: Ich besuche gerade ganz spontan meinen Dirigenten."

„Deinen was?"

„Erklär' ich dir ein anderes Mal. Was gibt's?"

„Ich hab' da noch ein paar Dinge herausgefunden zu deinem Italiener."

„Ach, wirklich?" Karlos Neugier war entfacht.

„Hast du heute Abend Zeit? Anevke und ich würden was zu essen machen. So lernt ihr euch mal kennen."

„Heute Abend …", druckste Karlo herum. „... das ist eigentlich ungünstig. Ich hab' schon 'ne Verabredung."

„Dann bring' die Kleine doch einfach mit. Anevke freut sich bestimmt über weibliche Verstärkung."

Karlo dachte nach. Ihn würde schon sehr interessieren, was Tobias zu berichten hatte. Aber das Date mit Gianna war auch nicht zu verachten. Er überlegte hin und her und nahm die Einladung an. „Ich kann sie ja mal fragen."

„So gegen acht?"

„Ist gut."

„Bis später."

Karlo schlenderte den sauber geharkten Weg entlang, der

den vor dem Haus gelegenen Bauerngarten in zwei formgleiche rechteckige Hälften teilte. Jede der Hälften wurde von einer akkurat angelegten Buchsbaumhecke begrenzt. Mehrere Stöcke mit blau- und rotglänzenden Kugeln steckten in den Rosenbeeten. Üppige Rhododendronbüsche warteten auf ihre erste Blüte. Blaue und gelbe Stiefmütterchen dienten als Farbtupfer. Zwei massive weiße Säulen säumten den Eingang des ebenfalls weiß verputzten Hufnerhauses. Schweigend saßen eine alte Frau und ein Mann rechts von der grün-weiß gestrichenen Tür auf einer Bank. Die weißhaarige Frau schätzte er zwischen achtzig und neunzig, den dunkelhaarigen Mann auf Mitte sechzig.

Als Karlo gerade auf die beiden zugehen wollte, öffnete sich die Tür und Manfred trat heraus. Irritiert begrüßte der Chorleiter seinen Sangesbruder:

„Guten Morgen Karl, wat führt dich denn hierher?“

Während sich die beiden Männer die Hände zur Begrüßung reichten, beeilte sich Karlo seinen unangekündigten Besuch umgehend zu erklären: „Ich wollte dir eigentlich nur Bescheid sagen, dass ich heute Abend nicht kommen kann.“

Manfred zog verwundert die Augenbrauen zusammen. „Und dafür kommst du extra vorbei? Hast kein Telefon?“

„Da ist keiner rangegangen.“ Etwas verlegen scharrte Karlo mit den Füßen im Sand.

In Manfreds Verwunderung mischte sich leichte Verärgerung. Er schüttelte den Kopf. „Ne, ne, ne, alles muss man in diesem Laden selber machen!“

Anerkennend sah sich Karlo um: „Schön habt ihr’s hier!“

„Kennst unser'n Hof noch gar nicht?“, erkundigte sich Manfred erstaunt.

„Ne, bin das erste Mal hier“, antwortete Karlo.

„Na, dann man to. Ich führ' dich eben rum.“

Auf der Rückseite des Hauses herrschte emsiges Treiben. Ein Trecker rangierte auf einer großzügigen Betonfläche. Mehrere Arbeiter eilten zu einem weiter entfernt liegenden Gewächshaus. In einer hohen offenen Scheune standen mehrere landwirtschaftliche Maschinen. Bereitwillig erklärte Manfred seinem Sangesbruder sämtliche Gerätschaften. Karlo wunderte sich über die Ordnung und die ins Auge fallende Sauberkeit. Nur vereinzelt lagen ein paar Haufen mit Erdklumpen herum.

„Sieht ja alles ganz schön gepflegt aus bei dir", bemerkte Karlo.

„Wat mutt, dat mutt. Ordnung is' dat halbe Leben."

Dann zeigte ihm sein Dirigent mehrere Reihen Gewächshäuser mit noch kleinen Tomatenpflanzen, Geranien und Blumen, die Karlo nicht kannte. Sie warfen auch einen Blick in zwei großzügige Stallungen, in denen Pferde gehalten wurden.

„Ganz schön viel Betrieb auf deinem Hof, Manfred. Der Laden scheint ja zu laufen."

„Ach weißt du, wie dat immer so is'. Der Unterhalt kost' auch 'ne Menge, und die Steuern fressen allens wedder auf. Na ja, wat soll man machen!"

Karlo hatte schon festgestellt, dass die große Mehrheit der selbstständigen Gärtner und Landwirte in seiner Nachbarschaft gerne die unkalkulierbare Härte ihres Geschäfts beklagte. Trotzdem schienen alle ganz gut zurechtzukommen.

Als sie aus dem Pferdestall traten, fiel Karlo Mantova wieder ein.

„Sag mal Manfred, hat sich eigentlich in den letzten Tagen ein Italiener bei dir gemeldet?"

„Ein Italiener, bei mir?" Manfred schien verwundert. „Kann ich mich nicht dran erinnern. Wie kommst 'n da drauf?“ Einen Moment lang hielt er inne. „Die ham da doch einen aus der Elbe gefischt. Hab' ich heute inne Zeitung gelesen. Der soll ja schwer wat mit de Mafia zu tun gehabt haben. Aber den meinst doch nich', oder?“

Bevor Karlo antworten konnte, kamen sie an einem riesigen Misthaufen vorbei, auf dem gerade ihr Sangesbruder Knut mit der Forke arbeitete. Als er die Männer erblickte, unterbrach er seine Tätigkeit und rief ihnen zu:

„Mensch Karl, wo geiht?“

„Gut, gut!“

„Erholt von Sonntag?“ Knut grinste vieldeutig. „Warst ja ganz schön duhn!“

Karlo machte eine abwiegelnde Handbewegung. „Ja, ja geht schon wieder.“

„Wat führt dich denn hierher, willst uns 'n Fohlen abkaufen? Oder vielleicht 'n kleinen Trecker?“

„Knut, mok de Männers in' Gewächshaus da drüben mal ’n beten Dampf!“ Barsch unterbrach Manfred seinen Angestellten. „Die schlafen sonst noch ein.“

„Allens klar, Chef, wird gemacht!“ Und schon eilte der kleine Mann in Richtung der Gewächshäuser. Auch auf die Entfernung war Knuts Stimme zu hören: „Jetzt legt mal 'n Zahn zu, sonst seid ihr in einer Woche noch nich' fertig! Hier nix Polen!“

Mit einem Blick auf den polternden Knut sagte Manfred: „Wenn man die nicht ständig antreibt, dann würde hier gar nichts passieren! So sind sie die Polen!“

Karlo verkniff sich einen Kommentar zu den ausländerfeindlichen Sprüchen seiner Sangesbrüder.

Manfred sah auf die Uhr. „So, Karl, dat wär’s. Lass uns mal wieder zum Parkplatz. Die Arbeit ruft.“

„Ja, klar. Toller Hof!“ Karlo zeigte sich beeindruckt. „Das war echt interessant, Manfred. Danke für die Führung.“

„Da nich' für."

Als Karlo sich vom Parkplatz aus noch einmal zu dem beeindruckenden Giebel des Hufnerhauses umdrehte, blieb Manfred dessen bewundernder Blick auf die vergoldeten Pferdeköpfe nicht verborgen.

„Ham wir erst letztes Jahr aufarbeiten lassen. Die sind massiv, weißt du?"

„Machen sich gut auf dem Dach."

„Werden wir auch nix dran ändern."

Bevor er in sein Auto stieg, erinnerte sich Karlo noch einmal an Mantova: „Was ich dich vorhin fragen wollte. Dieser Italiener ..."

„Ja ...?", erwartungsvoll sah Manfred den Zufahrtsweg hinunter, auf dem sich ihnen ein blauer Mercedes näherte.

„Also, in meinem Telefonbuch ..."

Der Mercedesfahrer parkte neben einem anderen blauen Mercedes und stieg aus.

„Hallo Alfred, na, wie war's?" Sichtlich erfreut begrüßte Manfred den Mann, der ihm aufgrund seines ebenfalls rötlichen Gesichts und des noch blonden Haarkranzes sehr ähnlich sah.

Dieser nickte Karlo kurz zu und wandte sich dann an Manfred: „Dat löpt!"

„Is' die Halle durch?"

„Prinzlings Frau is' doch mit Elke bei den Landfrauen ..."

„Verstehe." Manfred sah sehr zufrieden aus. „Kennt ihr euch eigentlich?", erinnerte er sich an Karlos Anwesenheit. „Dat is' mein Bruder Alfred. Und dat is' Karl, der Sangesbruder mit 'n Hotel."

Alfred gab Karlo die Hand und bedeutete seinem Bruder gleichzeitig, dass er ihn dringend unter vier Augen sprechen musste.

Umgehend verabschiedete Manfred seinen Gast: „Die

Pflicht ruft."

Karlo zeigte Verständnis: „Kein Problem! Vielen Dank nochmal!"

„Kiek mol wedder in, Karl. Bis nächste Woche."

„Ja, bis denn."

Erst beim langsamen Herausfahren aus dem Grundstück des Hofes Eckers wurde ihm bewusst, dass sie gar nicht weiter über den Italiener und Manfreds angekreuzte Nummer gesprochen hatten. Wahrscheinlich war es doch jemand anders gewesen. Christian vielleicht, oder sogar Peter, warum auch immer. Was sollte Flavio Mantova schon von einem alteingesessenen Vierländer Gärtner wie Manfred gewollt haben? Karlo, Karlo, du führst dich ja schon auf wie ein ewig skeptischer Fernsehkommissar, der hinter jedem Busch einen Verdächtigen wittert! Was interessierte ihn die ganze Geschichte überhaupt so genau? Lag es daran, dass er sich Herrn Mantova gegenüber irgendwie verpflichtet fühlte? Weil er Italiener war? Weil er sein Gast war? Wenn er so auf die letzten Tage zurückblickte, dann hatte ihn dieser Mensch über verschiedene Stufen hinweg immer intensiver beschäftigt: Zuerst war er zwar ein sehr reservierter, aber sonst ganz normaler Hotelgast gewesen. Nach ein paar Tagen wurde aus ihm sein verschwundener Gast und am Ende war Karlo sogar am Fund seiner Leiche beteiligt. Im Verlauf dieser Entwicklung hatten sich mittlerweile viele kleine Details aufgetan, von denen er nur zu gerne wüsste, was sie miteinander zu tun hatten. Was wollte der ermordete Italiener wirklich hier in der Gegend? Was hatte er auf dem Kirchenfriedhof gesucht? Warum leugnete Franco jeden Zusammenhang zwischen ihm und seinem Gast? Lag es nur an seinen krummen Geschäften oder gab es da noch einen tiefer liegenden Grund, der irgendwie mit dem Foto der drei italienischen KZ-Häftlinge zusammenhing? Was hatte es mit dem anderen Italiener auf sich? Außerdem würde Karlo interessieren, wer ständig bei ihm anrief und wieder auflegte. Und wer hatte letzte Nacht sein Haus beschmiert?

Während all diese Fragen in seinem Kopf herumschwirrten, wurde er jäh ausgebremst. Unvermittelt war ein Trecker von einem unscheinbaren Feldweg in die Straße eingebogen und setzte sich einfach vor ihn. Ein Trecker! Im Schritttempo! Nicht schneller als 30! Manchmal verfluchte er das Landleben. Plötzlich verlangsamte der Trecker sein Tempo und winkte mit dem linken Arm. Wahrscheinlich sollte das für ihn ein Zeichen sein, dass er überholen konnte. Karlo überlegte nicht lange, riss das Steuer herum und scherte aus. Leider war ihm bei seinem Manöver ein weiterer Trecker entgangen, der aus einer Einfahrt auf der gegenüberliegenden Seite rückwärts herausrangierte. Unglücklicherweise war der vollbeladene Anhänger bereits auf der Straße angekommen. Auch wenn er nicht besonders schnell unterwegs war, fuhr Karlo geradewegs in den Hänger hinein. Es ertönte ein lautes Krachen und plötzlich war um ihn herum nur noch übelriechende Dunkelheit.

„So eine verdammte Scheiße!“

Ein Riesenhaufen Dung hatte sich aus dem hochbeladenen eisenbeschlagenen Hänger nicht nur über seinen weißen Lieferwagen ergossen, sondern war auch durch das weit geöffnete Sonnendach ins Wageninnere gelangt. Für einen kurzen Moment verharrte Karlo mit vorgebeugtem Oberkörper auf dem Lenkrad. Unter leichtem Schock schaffte er es, seine Tür zu öffnen und aus dem Auto zu steigen. Dabei rieselte weiterer Mist auf die ebenfalls mistgesprenkelte Straße. Zunächst klopfte er sich das stinkende Zeug vom Körper. Das roch nach mindestens zwei Stunden Dusche! Anschließend besah er sich den entstandenen Schaden von außen. Die Stoßstange und auch die Vorderfront seines Wagens hatten einiges abbekommen. Der robuste alte Hänger hatte lediglich einen Teil seiner stinkenden Ladung eingebüßt. Und wo war der andere Trecker abgeblieben? Ein Blick auf die Straße zeigte ihm, dass sich dieser um die naheliegende Kurve herum aus dem Staub gemacht hatte. Nirgends war er mehr zu entdecken!

Nur ein kleiner schwarzer Smart parkte etwas weiter entfernt am Straßenrand. Die Tür öffnete sich und ein rothaariger Mann stieg aus. Erschrocken sah er zu Karlo herüber.

„He, Sie!“, rief Karlo ihm zu.

Aus ihm unerklärlichen Gründen stürzte sich der Rothaarige wieder in sein Auto und fuhr eilig davon. Was war denn mit dem los? Karlo war vollkommen perplex. Hatte der was mit diesem Unfall zu tun?

Und der Fahrer von dem Misttrecker? Warum hatte der sich noch nicht gezeigt? Mit energischen Schritten ging Karlo zu ihm nach vorne zur Hofeinfahrt, auf der er zum Stehen gekommen war. Nach einem ersten Blick auf den jungen Kerl wurde er stutzig. Irgendwie kam er ihm bekannt vor. War das nicht einer der Jugendlichen aus der „Landstuv“?

„Schöne Scheiße!“, entfuhr es Karlo.

Ohne sichtliche Regung entgegnete der Kurzgeschorene achselzuckend: „Hier ist Überholverbot. Wie soll ich denn ahnen, dass du ausscherst?“

„Da war ’n anderer Trecker vor mir!“

„Musst halt besser aufpassen!“ Er sah Karlo immer noch nicht an. „Also, ich will dann mal. Hab’ zu tun.“

Karlo konnte es kaum glauben. „Hey! Kannst du mir nicht wenigstens helfen, mein Auto freizuschaufeln? Die Straße ist auch ganz voll mit deinem Mist!“

„Dein Problem. Keine Zeit, ich muss weiter. Selbst Schuld, Alter.“

Prompt trat er auf das Gaspedal und steuerte seinen Trecker samt halbvollem Anhänger rückwärts um Karlos Auto herum auf die Straße. Ohne sich noch einmal umzublicken, fuhr er um die Kurve und entschwand aus Karlos Blickfeld. Dabei schien ihm völlig egal zu sein, dass er weiteren Dung auf der Fahrbahn verteilte.

Wutschnaubend ging Karlo zu seinem „Mistwagen“ zurück und besah sich das Unglück abermals. Warum musste das gerade jetzt passieren? Warum gerade ihm? Hatten sich denn alle gegen ihn verschworen? Das Date seines Lebens wartete auf ihn und er stand vor einem Haufen Scheiße!

Da nahte seine Rettung: In einiger Entfernung erblickte er einen Mann auf der gegenüberliegenden Straßenseite. Der schlurfende Gang kam ihm irgendwie bekannt vor.

„Hallo Hinrich!“ Noch nie hatte sich Karlo so über den Anblick von Ernes Mann gefreut!

„Was'n los?“, fragte er.

„Scheiße.“

Schweigen.

Hinrich besah sich den Schlamassel. „Hilfe?“

„Wär' super!“

Ernes Mann steckte noch in seiner ausgewaschenen blauen Arbeitskleidung, so dass ihm der Mist nicht allzu viel ausmachte. Mit zwei Eiskratzern befreiten sie den Wagen notdürftig von seiner stinkenden Last. Als die leicht lädierte Motorhaube und die Frontscheibe einigermaßen freigeräumt waren, fragte Karlo seinen Helfer: „Sind Sie auf dem Nachhauseweg?“

„Jo. Zum Bus.“

„Da kann ich Sie doch besser mitnehmen ...“ Karlo zögerte einen Moment. „... auch wenn ich Ihnen keinen Frühlingsduft bieten kann.“

Notdürftig wischten die Männer den Mist von ihren Sitzen und nahmen schließlich mit äußerster Vorsicht Platz. Das schien Karlo mehr Überwindung zu kosten als Hinrich, der augenscheinlich ein entspannteres Verhältnis zur guten Landluft an den Tag legte. Zum Glück sprang der Wagen sofort an.

„Hatten Sie hier in der Gegend zu tun?“, erkundigte sich Karlo bei seinem Beifahrer.

„Mmh. Putten.“

„Hermann Putten, mein Sangesbruder?“

„Jo.“

Was für ein zäher Brocken! Worüber unterhielt sich Erne bloß mit dem?

„Die wissen ja anscheinend immer noch nicht, wer das mit dem Italiener gewesen sein kann“, nahm Karlo einen weiteren Anlauf.

„Jo.“

„Interessiert es Sie denn nicht, wer hier in Vierlanden so etwas tun könnte?“

„Weiß nich’.“ Hinrich besah sich eingehend seine Fingernägel.

„Also, ich würde schon gerne wissen, wer es fertig bringt, einen Menschen erst mit Pflanzengift voll zu pumpen und dann in die Elbe zu werfen.“

Hinrich zog eine Augenbraue hoch. „Pflanzengift?“

Da kam Karlo eine Idee. „Sie kennen sich da doch bestimmt aus. Kommt jeder Bauer oder Gärtner an so was ran?“

Wieder betrachtete sich Hinrich seine Finger. „Mit 'nem Giftschein schon.“

„Was denn für ein Giftschein?“

„Muss man haben für die Pflanzenschutzmittel. Um sie zu kaufen.“

Nach diesem für seine Verhältnisse langen Satz wirkte

Hinrich fast erleichtert, als er sein Haus erblickte. „Danke, für's Mitnehmen.“

Karlo hielt an und ließ seinen wortkargen Fahrgast aussteigen. Der tippte einmal kurz an seine blaue Mütze und ging, ohne sich noch einmal nach seiner Mitfahrgelegenheit umzublicken, auf das Gebäude zu.

19. Woanders

Die Bremsen der einfahrenden Züge quietschten. Unverständliche Durchsagen tönten aus den Lautsprechern. Kurze Pfiffe gellten durch die hohe Halle. Es roch nach einer Mischung aus Eisen, Pommesfett, Straßendreck und Abwasserkanal. Der Geruch der weiten Welt.

Wie bei jedem seiner Besuche stand Hans immer auf der Ebene, von der aus man alle Gleise und vor allem die Bahnsteige mit den rastlosen Reisenden überblicken konnte. Stundenlang könnte er die vielen eilig herumlaufenden Menschen beobachten. So viele Leute! Die einen kamen. Die anderen gingen. Die meisten liefen aneinander vorbei. Manche fielen sich fröhlich in die Arme. Familien mit Kindern. Geschäftsleute in dunklen Anzügen mit Aktentaschen oder dunklen rollenden Koffern. Jugendliche mit hohen Rucksäcken. Alte Frauen, die sich mit schweren Koffern abmühten.

Einmal hatte er einer alten Frau geholfen, ihren Koffer in den Zug zu bringen. Sogar bis ins Abteil hatte er ihr den Koffer getragen. An dem Tag wäre der Zug fast mit ihm abgefahren. Noch nicht einmal das Ziel seiner Reise hätte er gewusst. Im letzten Moment war er wieder ausgestiegen. Was hätte er woanders nur tun sollen? Er kannte niemanden woanders. Schweißnass hatte er dann am Bahnhof gestanden. Nein, er konnte nicht weg. Er musste hier bleiben. Kurz darauf war er wieder in seinen Laster gestiegen und nach Hause gefahren. Da kannte er sich aus.

20. Neue Ufer

„Meinst du echt?“ Kritisch betrachtete sich Peter im Spiegel. Er trug eine Kombination aus sauberer Jeans, weißem Polohemd und hellblauem Lambswoolpullover.

„Sieht ordentlich aus“, bemerkte Karlo aufmunternd.

„Ordentlich? Ey, Alter! Will ich mit Oma ins Weihnachtsmärchen, oder was?“

Karlo musste sich eingestehen, dass auch er dieses Outfit nur an hohen Feiertagen trug. „Immerhin triffst du deine Prinzessin.“

„Kann schon sein, aber ob die auf Spießer steht?“

Eine Weile fachsimpelten die beiden hin und her, während Karlo unruhig auf Giannas Ankunft wartete. Kaum war er vorhin zu Fuß von der Werkstatt zurückgekehrt, hatte ihn Peter sichtlich nervös schon an der Rezeption abgefangen. Nachdem er der defekten Waschmaschine nach eigenem Bekunden das Lecken zu 99 Prozent ausgetrieben hatte, bestand sein Nachbar flehentlich darauf, umgehend seine Garderobe für das abendliche Date mit Meike abzustimmen. Mit Peters Zusage, ihm seinen alten klapprigen Golf für den Abend zu leihen, hatte Karlo schließlich eingewilligt. Die dringend notwendige Dusche musste auf einen späteren Zeitpunkt verschoben werden.

„Das isses!“ Nach mehrmaligem Umziehen hielt Peter schließlich an der nach wie vor sauberen Jeans fest und wählte dazu ein blau-weiß gestreiftes Hemd. Darüber trug er eine etwas ausgebeulte graue Anzugweste. Ein Erbstück von Elfis Mann.

Zu Karlos großer Erleichterung verließ Peter mit sich und seinem Outfit hochzufrieden die Wohnung. Leider lief er auf der Treppe genau Gianna in die Arme, die unter Peters erstauntem Blick eine schwere braune Ledertasche die Stufen hoch wuchtete. Karlo stürzte ihr sofort entgegen, um ihr das monströse Ding abzunehmen. Dabei bedeutete er Peter mit einer eindeutigen Geste schleunigst nach unten zu gehen.

„Ich habe meine Sachen abgeholt", keuchte Gianna.

„Bei Franco?"

„Er war zum Glück nicht da."

Schweigend betrachteten sie die Tasche. Karlo wurde nervös. Er räusperte sich und sagte:

„Ja, also mit heute Abend ..."

„Du hast doch keine Zeit?", fragte Gianna sichtlich enttäuscht.

„Doch, doch", beeilte sich Karlo. „Nur, ich muss dringend etwas mit einem alten Schulfreund besprechen, und deshalb hat er uns beide zu sich und seiner Frau zum Essen eingeladen. Ich kann verstehen, wenn du da keine Lust zu hast. Ich kann auch absagen."

„Nein, das ist doch ganz wunderbar!" Gianna schien entzückt. „Ich war hier noch nie bei Deutschen zum Essen eingeladen. Che bello! Das würde mich sehr freuen."

Karlo war erleichtert. Sie wollte mit! Sie hatten immer noch ein Date! Außerdem schien sie noch nicht seinen Geruch bemerkt zu haben. „O.k., dann willst du dich jetzt bestimmt frisch machen. Ich werde dir mein Bad überlassen."

Eilig schnappte er sich ein paar frische Sachen, griff sein Duschgel und ging beschwingt nach unten. Er konnte im ehemaligen Zimmer von Herrn Mantova duschen. Seit die Polizei es heute Mittag endlich wieder freigegeben hatte, war der Raum noch nicht weitervermietet worden.

Als er eingeseift unter dem warmen Strahl stand, klingelte das Telefon im Zimmer. Wer rief denn hier an? Schnell griff er sich sein Handtuch und sprintete zu dem Apparat auf dem Schreibtisch.

„Hallo?"

„Mister Mantova?" Am anderen Ende sprach ein unüberhörbar älterer Mann mit starkem deutschen Akzent.

„One moment, please." Karlo wischte sich den restlichen Schaum ab.

„Ich habe Informationen für Sie."

„Ja?" Karlos Interesse war geweckt. Geistesgegenwärtig beschloss er, weiter die Rolle seines toten Gastes zu spielen und versuchte seinem Englisch einen italienischen Touch zu geben: „Was für Informationen?"

„Das muss ich Ihnen unter vier Augen erzählen. Können wir uns morgen treffen?"

„Ja natürlich, aber wo?"

„Um zwölf Uhr auf dem Gelände. Bei den Grabsteinen links von der hohen Gedenksäule."

„O.k."

Mit eindringlicher Stimme forderte der Mann schließlich: „Erzählen Sie aber niemandem davon!"

„Natürlich nicht."

„Also, wir sehen uns morgen." Der mysteriöse Anrufer legte auf.

Während Karlo sich weiter abtrocknete, ließ er sich das Telefongespräch noch einmal durch den Kopf gehen: Wer konnte das gewesen sein? Warum hatte dieser Mensch die Durchwahl von diesem Zimmer? Warum wusste er noch nichts vom Tod des Italieners? Auf alle Fälle wollte er morgen zu dem Treffpunkt gehen, um so eventuell mehr zu erfahren. Möglicherweise erzählte ihm der Anrufer ja, was Mantova hier gesucht hatte. Mit dem Gelände konnte nur die Gedenkstätte in Neuengamme gemeint sein. Er beschloss, sich Gianna gegenüber nichts anmerken zu lassen, und auch Tobias wollte er erst nach dem morgigen Treffen davon erzählen. Vielleicht war dieser Mann nur ein Wichtigtuer.

Unglaublich! Sie war einfach unglaublich! Gianna trug Jeans, eine rot-weiß karierte Bluse und Collegeschuhe aus rötlich-braunem Wildleder. Um ihre Locken hatte sie ein rotes Haarband geschlungen. Mit einem Ellenbogen lehnte sie an der Rezeption und wartete auf ihn.

„Ich muss nur noch kurz das Telefon auf mein Handy umleiten.“ Er glaubte zwar nicht, dass an einem Mittwochabend besonders viele Anfragen eingehen würden, aber auf diese Weise hatte er schon manche Reservierung entgegengenommen, die sonst ins Leere gelaufen wäre. Auf Peter konnte er heute Abend schließlich nicht zählen. Zum Glück kamen keine Gäste mehr an.

Nach einer Viertelstunde Fahrt über lange und kurvige Deichstraßen parkte Karlo den Golf neben einem reichlich betagten weißen Mercedes mit roter Motorhaube. Sein alter Schulfreund wohnte mit seiner Frau Anevke auf einem mindestens zweihundert Jahre alten ziemlich baufällig wirkenden Hof in Ochsenwerder. Dieses Dorf gehörte nicht mehr zu den Vier- sondern zu den Marschlanden. Neben dem seitlichen Hauseingang standen mindestens zehn Blumentöpfe in verschiedenen Größen und Farben, die mit alter Erde oder mit alter Erde und vertrockneten Blumen gefüllt waren. Nach einem Blick auf das getöpferte türkisfarbene Türschild, auf dem mehr schlecht als recht der Name Brömmer eingraviert worden war, betätigte Karlo die Klingel.

Nach kurzer Zeit öffnete Tobias Brömmer, ehemals Kostritz, die quietschende Tür und begrüßte sie:

„Hallo ihr zwei!“

Sie durchquerten eine großzügige Diele, in der ein heilloses Durcheinander herrschte. In der einen Ecke standen zwei alte Sofas neben einem ausrangierten Klavier. Mehrere Holzstühle mit zerschlissenen Bezügen verteilten sich über den Raum. Jede Menge Kleinkram stapelte sich in unzähligen Tüten und Kartons oder lag einfach nur herum.

Tobias bemerkte die abschätzenden Blicke seiner Besucher. „Irgendwann müssen wir echt mal irgendwie ausmisten. Kommt Zeit, kommt Misten."

Die Diele führte direkt in eine große gelb-rot gewischte Wohnküche. An einem großzügigen etwas ramponierten Holztisch saß eine Frau mit rot-gefärbten und asymmetrisch geschnittenen Haaren. Sie rauchte. Ohne ihren Gesichtsausdruck im geringsten zu verändern, sah sie die beiden an. Sie trug ein grünes sackartiges Kleid, das ihre linke Schulter entblößte und so den Blick auf einen verwaschenen ehemals weißen BH-Träger freigab.

Tobias stellte die Besucher vor:

„Das ist mein alter Schulfreund, der Karlo, das ist seine Freundin …?" Fragend sah er sie an.

„Gianna", stellte sie sich vor.

„... und das ist meine Frau, die Anevke."

Die Anevke nickte Karlo kurz zu und schenkte Gianna ein knappes Lächeln. Mit geübten Griffen stellte Tobias Käse, Brot, ein paar Oliven und Rotwein auf den Tisch.

Als alle vor einem Glas Wein saßen, kam der Hausherr endlich zum eigentlichen Grund von Karlos Besuch:

„Ich habe mich bei uns im Archiv umgesehen und in der Akte zu den italienischen Häftlingen war doch tatsächlich genau das Foto von den drei Italienern abgeheftet!"

Karlo blickte überrascht erst Tobias dann Gianna an, die ebenso erstaunt war.

„Das ist ja 'n Ding! Stand denn auch dabei, wer die drei waren?"

„Ja, zum Glück hat uns die A.L.T., eine italienische Organisation ehemaliger Freiheitskämpfer, vor kurzem ein paar neue Informationen geben können: Der Erste hieß Rossi, Paolo Rossi, der Zweite Enrico Mantova und der Dritte

Francesco Pace."

„Rossi sagst du? Paolo Rossi? Incredibile!"

„Wie bitte?" Tobias verstand nicht.

In knappen Worten klärte Karlo Tobias über Giannas ehemaligen Chef Franco Rossi und sein merkwürdiges Verhalten auf.

Dann schaltete sich die aufgeregte Gianna wieder in das Gespräch ein: „Francos Vater hieß Paolo! Außerdem sieht der Mann auf diesem Foto Franco sehr ähnlich. Ich hab's doch gewusst!"

Einen Moment lang schwiegen sie, bis Karlo das Naheliegendste aussprach: „Es sieht ganz danach aus, dass wir es hier zumindest bei zwei der Männer mit den Vätern von Franco und meinem Gast zu tun haben. Altersmäßig würde das doch passen, oder?"

Tobias stimmte ihm zu. „Ich habe herausgefunden, dass dieser Enrico Mantova von Beruf Landschaftsbauingenieur war und wahrscheinlich deshalb größtenteils für Einsätze auf den umliegenden Bauernhöfen abgestellt wurde. Der andere Italiener, dieser Rossi, hat offensichtlich eng mit ihm zusammengearbeitet. Und soweit ich weiß, hat er das Lager überlebt."

„Und ist dann auch noch hiergeblieben!", rief Gianna aus. „In dem Land, wo er so viel Schlimmes erlebt haben muss! Madonna!"

„Wer wohl der Dritte war?", überlegte Karlo.

„Das kann ich dir leider nicht sagen. Es gibt immer noch zu viele Namen von ehemaligen Häftlingen, die unbekannt geblieben sind."

„Ich wusste gar nicht, dass Häftlinge für ganz normale Bauern arbeiten durften", stellte Karlo erstaunt fest.

„Das war auch eher die Ausnahme, weil die meisten im Klinkerwerk beschäftigt waren oder den Stichkanal zur Dove-Elbe ausheben mussten. Außerdem hat es anscheinend eine Anweisung gegeben, dass männliche Insassen eher nicht in der Landwirtschaft eingesetzt werden sollten."

„Und wo haben die dann gearbeitet? Konnte da jeder x-beliebige Landwirt kommen und einfach Arbeiter anfordern?"

Da mischte sich Anevke ein, die bis dahin geschwiegen hatte: „Die Bauern hier, die sind doch alle profitgeil und Faschos obendrein."

Tobias blickte seine Frau kurz stirnrunzelnd an.

„Der Einsatz von Häftlingen war jedenfalls eine lukrative Angelegenheit, weil im Vergleich zu normalen Kräften für diese Arbeiter, wenn überhaupt, nur ein Bruchteil an das Lager bezahlt werden musste. Andererseits muss man sagen, dass diese wenigen Einsätze in der Landwirtschaft eher zu den privilegierten Tätigkeiten zählten, weil die Bauern ihre Leute meistens nicht so hart rannahmen wie die Aufseher im Lager und die Häftlinge auch besser mit Essen versorgt wurden."

„Jetzt stell' diese widerlichen Menschenschlächter nicht besser dar, als sie waren, Schatz. Die haben doch alle unter einer Decke gesteckt, das kannst du mir nicht erzählen", widersprach Anevke ihrem Mann.

Tobias versuchte, sachlich zu bleiben: „Das sind für jeden nachlesbare Fakten."

„Fakten, Fakten, das waren doch alles Mörder, allesamt, und du schützt dieses Pack auch noch!"

„Ich versuche nur, den Sachverhalt objektiv darzustellen, mein Herz. Natürlich war das ganze System schrecklich, aber es gab durchaus Abstufungen."

In einem ruhigeren Moment schaltete sich Karlo wieder in das Gespräch ein. „Und weißt du nun, wo diese Italiener gearbeitet haben? Wurde das irgendwo vermerkt?"

„Leider nicht. In Hamburg wurden die Karteien des Arbeitsamtes und der Gestapo vernichtet. Wir können uns nur mit den Aussagen von Zeitzeugen weiterhelfen wie zum Beispiel von dieser A.L.T. in Italien. ... Möchtet ihr noch einen Schluck Wein?“

Karlo hielt Tobias sein Glas hin. „Sag mal, kannst du uns vielleicht die Telefonnummer von dieser A.L.T. geben?“

„Klar, such ich dir raus.“

Nachdem Tobias ihnen eingeschenkt hatte, riss Anevke das Wort an sich. Bald wussten sie alles über die Protzwagen ihrer Nachbarn, wie spießig alle waren, und dass sie sich für ihr Frauenprojekt viereinhalb Stunden am Tag fast zu Tode schuftete. Nicht zuletzt aufgrund ihres hohen Zigarettenkonsums wurde die Luft in der Küche immer dünner. Zum Glück klingelte irgendwann Karlos Handy.

„Vierländer Hof, Kolberg?“ Als sich am anderen Ende wieder mal keiner meldete, nutzte Karlo die Gelegenheit für eine kleine Notlüge: „Ach, Sie kommen gleich vorbei? Ja, ich bin dann da.“ Den Gastgebern gegenüber setzte er eine bedauernde Miene auf. „Tut mir leid, ich … äh … wir müssen leider los.“

An der Haustür verabschiedete sich Karlo bei Tobias: „Tschüss, bis bald. Vielen Dank für deine Hilfe und natürlich das Essen.“

„Keine Ursache. Ich würde mich übrigens freuen, wenn du mich auf dem Laufenden hieltest.“

„Kein Problem, obwohl ich im Moment auch nicht weiß, was ich von der ganzen Sache halten soll.“

Als sie im Auto saßen, schüttelte Karlo ungläubig den Kopf. „Ich kann’s kaum glauben, dass Tobias Kostritz, der Obermacho von früher, an so eine geraten ist!“

„Jeder bekommt das, was er verdient.“

Lächelnd schielte er zu ihr herüber. „Und du? Was hast du denn verdient?“

„Ich weiß nicht?“ Herausfordernd lächelte sie zurück. „Vielleicht einen Prinzen auf einem weißen Pferd, der mich mit auf sein Schloss nimmt.“

„Um dir dann eine Erbse unter die Matratze zu legen?“

„Er wird sofort fühlen, dass ich seine Prinzessin bin. Dafür braucht er keinen Test mit Erbsen …“

„Und woher weißt du, ob er dein Prinz ist?“

„Ich fühle es auch.“

Viel wurde nicht mehr gesprochen, bis Karlo das Auto vor Peters Kate zum Stehen brachte. „So, da sind wir: Im Vierländer Schlosshotel!“ Er drehte den Kopf in Giannas Richtung.

Sie strahlte ihn an. „Ma che bello! Wie schön! Fehlt nur noch das weiße Pferd und ...“

„... und der Prinz?“ Er schnallte sich ab und rückte dichter an sie heran.

Langsam näherten sich ihre Köpfe ... doch plötzlich vernahmen sie das Knattern eines Motorrads. Es blieb direkt neben ihnen stehen.

Karlo seufzte und öffnete die Autotür.

Peter klappte das Visier hoch. „Schönen Abend gehabt?“ Hinter ihm saß Meike.

Verlegen stiegen Karlo und Gianna aus dem Auto. Karlo reichte Peter den Schlüsselbund.

„Danke.“

„Tja, also ...“, begann Peter, „..ich wollte Meike noch eben meine Bon Jovi CDs raussuchen.“

Schweigsam gingen Gianna und Karlo zum Hotel hinüber. Zu gerne hätte er ihre Hand genommen oder sie eng an sich herangezogen. Doch er traute sich nicht. Noch nicht. Warum musste Peter nur zur selben Zeit angeknattert kommen! Gleich würden sie nach oben gehen. In seine Wohnung. In sein Schlafzimmer ...

Als sie am Frühstücksraum vorbeigingen, fiel Karlo seine abendliche Routine wieder ein.

„Einen Moment noch, ich muss mal eben im Frühstücksraum nach dem Rechten sehen.“ Schließlich musste für Erne am nächsten Morgen alles bereitstehen!

Beim Eintreten stockte ihm der Atem. Gar nichts war hier recht! Aus der Tür der gegenüberliegenden Waschküche quoll schaumiges Wasser in den zum Glück gefliesten Frühstücksraum.

„Oh nein!“, entfuhr es ihm.

„Was ist denn los?“, rief Gianna, die sofort zu ihm lief und das Wasser sah. „Dio mio!“

„So ein Mist! Peter wollte doch die Waschmaschine reparieren. Na, großartig!“ Verzweifelt raufte sich Karlo die Haare.

„Komm, das müssen wir weg wischen“, ergriff Gianna die Initiative.

Schlimmer konnte es wirklich nicht kommen. Die tollste Frau, mit der er je einen Abend hatte verbringen dürfen, half ihm nun auch noch beim Putzen! Notgedrungen versuchte er, die Tür der Waschküche zu öffnen, um an die dort gelagerten Putzutensilien zu gelangen. Dabei bahnte sich noch mehr Wasser seinen Weg nach draußen. Sie versuchten, es eilig mit ein paar dreckigen Handtüchern, die in der Waschküche herumlagen, aufzuhalten. Dann bewaffneten sie sich jeder mit einem Eimer und diversen Lappen und arbeiteten sich vom Frühstücksraum bis zur Quelle des Übels in die Waschküche vor.

Nachdem Karlo zweimal fast auf der glitschigen Seifenlauge ausgerutscht war, konnte sich Gianna das Lachen nicht mehr verkneifen.

„Hey!“ Karlo bewarf sie mit einem noch trockenen Lappen, den er sich gerade von einem Stapel sauberer Wäsche genommen hatte. „Was ist denn so komisch?“

Prompt warf Gianna den Fetzen zurück. „Du!“

Mit gespielt empörter Geste stürzte Karlo auf sie zu. „Na, warte!“ Dabei rutschte er nun endgültig auf dem Boden aus und glitt direkt in Giannas Arme: „Ich soll also komisch sein?“

„Si, tanto!“, antwortete sie glucksend.

Endlich! Endlich durfte er sie anfassen, sie an sich ziehen, sie küssen! Diesen unglaublichen Mund! Diese unglaublich weichen Lippen! Eng umschlungen ließen sie sich auf einen Berg fleckiger Tischwäsche fallen. Langsam knöpfte er ihre Bluse auf und küsste ihre weiche Haut. Gianna tat es ihm gleich. Tischwäsche und Lappen mischten sich mit karierten Blusen, zarter weißer Unterwäsche und blauen Boxershorts. Bald reichte der Tischwäschehügel nicht mehr aus, und sie wälzten sich auf einem Berg von frisch gewaschenen und gefalteten Handtüchern.

„Karlo ... lass uns nach oben … in dein Prinzessinnenbett.“

Lediglich mit Handtüchern umwickelt bestand Karlo darauf, sie die Treppe hoch zu tragen. Nach den ersten Stufen entfuhr Gianna ein erschrockenes: „Oh!“

Er drehte sich zur Rezeption um und erblickte den verdutzten Herrn Schulte im ballonseidenen Trainingsanzug, der von seiner Frau mal wieder zum Rauchen vor die Tür geschickt worden war.

„N'Abend!“, grüßte Karlo seinen Gast höflich.

„Schönen Abend!“, entgegnete der erstaunte Herr Schulte. In der Hoffnung, dass das Handtuch nicht verrutschen würde, eilte Karlo mit beschleunigten Schritten die Treppe hinauf in seine kleine Wohnung. Das peinliche Zusammentreffen mit Herrn Schulte konnte die Aussicht auf die kommende Nacht in keiner Weise trüben.

21. Herr Malzke

Am Grabstein des Italieners *Ettore Martinelli* machte Karlo halt. Er war heiß geschwitzt von der Fahrt mit dem Fahrrad. Wie gern wäre er heute noch zu Hause in seinem Alkoven geblieben! Nach einem strahlend blauen Morgen hatte sich der Himmel etwas zugezogen. Nach wie vor fiel es ihm schwer, sich das Ausmaß der Gräueltaten auf diesem Gelände vorzustellen. Wie diese Menschen, deren Grabsteine hier vor ihm lagen, wohl umgekommen waren? Nur wenige Monate länger und der im Januar 1945 verstorbene Herr Martinelli hätte noch das Kriegsende und die Befreiung von den Qualen des Lagerlebens miterleben können.

Karlo blickte noch einmal auf seine Uhr: Zehn nach zwölf. Der mysteriöse Anrufer ließ auf sich warten. Und wenn er ihn schon entdeckt hatte? Ihn Karlo und nicht den echten Flavio Mantova? Vielleicht war er längst wieder umgekehrt. Suchend sah er sich um. Da näherte sich ein alter Mann mit langsamen Schritten dem vereinbarten Treffpunkt. Er stützte sich auf einen Stock.

Nachdem der Alte Karlo eingehend durch seine dicken Brillengläser betrachtet hatte, sprach er ihn auf englisch an: „Warten Sie auf mich?“

Karlo sah sich außer Stande die Komödie von gestern noch weiter zu spielen. „Es tut mir leid, Herr ...“

Bei seiner Antwort lüftete dieser kurz den Hut. „Malzke mein Name, Sie sprechen deutsch?“ Der Herr war sichtlich erstaunt.

Karlo erklärte ihm, wer er war und warum er seinen Anruf entgegengenommen hatte. „Die ganze Sache interessiert mich sehr. Ich würde gerne wissen, warum Flavio Mantova sterben musste. Deshalb bin ich heute hergekommen, um von Ihnen eventuell weitere Informationen zu erhalten. Außerdem würde ich gern erfahren, wie Sie eigentlich die Nummer von meinem Hotel herausbekommen haben."

„Letzte Woche hat mich einer der Museumsmitarbeiter angerufen. Ein italienischer Besucher wäre gerade bei ihm und interessierte sich für das Schicksal seines Vaters, einem gewissen Enrico Mantova."

„Und ... konnten Sie ihm weiterhelfen?"

„In dem Moment fielen mir nur ein paar Dinge ein. Schließlich ist das Ganze ja eine Weile her."

„Würden Sie mir dieses Wissen anvertrauen?", fragte Karlo mit leiser hoffnungsvoller Stimme.

Nach einer Pause, in der er mit seinem Stock im Sand herumstocherte, sah Herr Malzke Karlo fest in die Augen. „Ich weiß ja gar nicht, ob ich Ihnen trauen kann. Das, was ich dem Herrn erzählt habe, ist für manche Leute in dieser Gegend ziemlich brisant."

„Vielleicht beruhigt es Sie zu erfahren, dass ich hier nur zugezogen bin."

Sein Gegenüber schien über etwas nachzudenken. „Lassen Sie uns doch zu der Bank da vorne gehen, ich kann nicht mehr so lange stehen."

Nach einer Weile fing Herr Malzke an zu erzählen. Karlo hörte ihm gebannt zu.

„Die Italiener hatten einen schlechten Stand im Lager. Sehr schlecht. Soweit ich weiß, waren es immer sehr wenige. Insgesamt sollen hier so um die 1.000 gewesen sein. Wenn man bedenkt, dass insgesamt über 100.000 Häftlinge in Neuengamme interniert waren. Die meisten Italiener kamen wieder in Außenlager. Einige blieben hier. Weil Italien nicht mehr mit Deutschland gemeinsame Sache machte, wurden sie als Verräter angesehen. Von der SS. Von den anderen Häftlingen. Nachdem sich herausgestellt hatte, dass sich der Vater Ihres italienischen Gasts in der Landwirtschaft auskannte, wurde er fortan nur noch für solche Einsätze abgestellt. Mit ihm zusammen arbeiteten dann immer zwei Landsleute. Francesco Pace und Paolo Rossi."

Die Sache schien interessant zu werden! Karlos Aufregung wuchs.

„Und wo wurden diese Herren eingesetzt?"

„Das war verschieden, aber wenn mich nicht alles täuscht, arbeiteten sie das letzte Mal zu dritt als Erntehelfer bei Heitkes. Der alte Heitke hatte sich nämlich mit einem SS-Kommandanten angefreundet und bekam auf diese Weise regelmäßig Arbeiter abgestellt. Soweit hatte ich das auch schon dem Museumsmitarbeiter am Telefon erzählt."

„Woher wissen Sie das eigentlich alles?"

„Ich war als Häftling zuständig für die KZ-Gärtnerei. Da erfuhr man einiges. Die Leute reden doch so gern!" Dabei lächelte er verschmitzt.

Karlo konnte es kaum glauben. Herr Malzke war also ein ehemaliger Häftling! Und er hatte überlebt. Was hatte dieser alte Mann bloß alles durchgemacht?

„Sie sprachen davon, dass dies der letzte Einsatz für die Drei war ..."

„Ja, das stimmt." Er machte eine kleine Pause und sah in den wolkenverhangenen Himmel. „Was ich Ihnen jetzt erzähle, ist mir letzte Woche noch nicht eingefallen. Ich musste erst mal in meinen persönlichen Aufzeichnungen und Erinnerungen kramen. Das hatte ich auch an dem Tag des Anrufs gesagt. Deshalb hat mir der Museumsmitarbeiter die Telefonnummer von diesem Mantova gegeben."

„Sie hätten ihm also noch mehr über seinen Vater berichten können?"

„Ja, das will ich wohl meinen! Auf dem Hof hatten sich damals einige Dinge ereignet." Bedächtig lehnte er sich zurück. „Eines Tages, als dieser Rossi zusammen mit einem

Kapo, einem Aufseher, ein paar Geräte in meinen Schuppen einstellte, habe ich ein Gespräch mitanhören können."

„Worum ging es da?"

„Paolo Rossi hat diesen Aufseher davon unterrichtetet, dass Enrico Mantova, der Tochter des Bauern schöne Augen gemacht hätte."

„Und … wie hat der Aufseher darauf reagiert?"

„Das habe ich nicht mehr mitbekommen, weil ich dann woanders hinbestellt wurde. Ein paar Tage nach diesem Gespräch kam Mantova nicht mehr von seinem Arbeitsdienst zurück. Später habe ich aus der Unterhaltung zweier Kapos erfahren, dass in der Jauchegrube des Heitkeschen Hofes ein Toter gefunden worden war."

Voller Entsetzen rief Karlo aus: „Mantova!"

„Wahrscheinlich!"

„Weiß man, wie das passiert ist?"

Verächtlich bemerkte Herr Malzke: „Sie glauben doch wohl nicht im Ernst, dass wegen eines toten Häftlings viel Aufhebens gemacht wurde! Ne ne, das hat niemanden interessiert. Der wurde irgendwie weggeschafft und dann hat keiner mehr darüber gesprochen. Noch nicht einmal im offiziellen Totenbuch wurde er vermerkt."

Karlo erinnerte sich an die abgedeckten Bücher im Haus des Gedenkens.

„Und was ist aus dem Mädchen geworden?"

„Soweit ich weiß, konnte ihr Vater eine Haftstrafe gerade noch abwenden. Allein schon die Kontaktaufnahme mit Häftlingen stand unter Strafe. Ziemlich bald darauf soll sie einen Gärtner aus der Gegend geheiratet haben."

Herr Malzke verstummte und zeichnete mit seinem Stock Linien in den sandigen Boden.

Karlo war vollkommen durcheinander. Ermordet! Wegen einer kleinen Liebelei!

„Eines würde mich noch interessieren. Stimmt es, dass Paolo Rossi das Lager überlebt hat?“

„Stimmt.“ Der alte Mann dachte nach. „Ich meine, dass er am Ende für die SS gekellnert hat.“ Er lachte verächtlich. „Belohnung für einen Denunzianten!“

„Und über den anderen ist Ihnen nichts bekannt?“

„Leider nicht. Wissen Sie, vor der Befreiung wurde das Lager geräumt und ein Großteil der Häftlinge auf Todesmärsche geschickt. Von vielen fehlen nach wie vor viele Namen.“

Karlo starrte auf die Linien im Sand.

„Leider konnte ich Ihrem italienischen Gast mit meinen Erinnerungen nicht mehr weiterhelfen.“

„Wer weiß, wozu es trotzdem gut war, dass wir uns getroffen haben. Haben Sie vielen Dank für Ihr Vertrauen.“

Die beiden Männer reichten sich zum Abschied die Hand und Karlo ging zu seinem Fahrrad zurück.

Am Infotresen der Gedenkstätte wurde er erwartungsvoll von Tobias empfangen.

„Es gibt Neuigkeiten! Mein Kollege Matthias Schmidt ist heute von seinem Kurzurlaub wiedergekommen und wusste ein paar interessante Details über deinen Italiener. Die beiden haben sich letzten Donnerstag beim alten Stichkanal getroffen. Dabei hat Mantova ihn ziemlich ausgefragt über die Einsätze der Häftlinge und so. Mithilfe von Herrn Malzke, einem unserer wenigen noch lebenden Zeitzeugen, konnte er ihm sogar den Namen des Hofes sagen, auf dem sein Vater bis zuletzt beschäftigt war.“

„Hof Heitke, ich weiß.“

Tobias war verblüfft. Kurz berichtete ihm Karlo von seinem Gespräch mit Herrn Malzke.

„Sag mal, habt Ihr vielleicht Aufzeichnungen über die

Rolle der Bauernhöfe zur Nazizeit?"

„Du wirst es nicht glauben, aber als ich von deinem Mantova erzählt habe, hat mir der Matthias genau diesen Ordner rausgesucht." Aufgeregt nahm Tobias den Hefter zur Hand. „Dein Mantova soll die Seiten interessiert durchgearbeitet haben. Sogar ein paar Kopien wollte er haben."

Erwartungsvoll nahm Karlo die Papiersammlung entgegen.

„Vielleicht findest du ja was. Setz' dich doch da rüber."

Karlo blätterte den Ordner durch. Im ersten Teil war auf mehreren Seiten festgehalten worden, was die Häftlinge in der Landwirtschaft für Arbeiten zu leisten hatten. Dort wurde bestätigt, was Tobias ihm erzählt hatte. Nach Meinung der Geschichtsforscher hatten derartige Arbeitsdienste als die weniger gefürchteten gegolten, unter anderem, weil die Aufsicht nicht so streng war wie im Lager und auch eine bessere Verpflegung gewährleistet wurde. In einem weiteren Abschnitt waren verschiedene Fotos von den betroffenen Höfen zu sehen. Plötzlich erblickte Karlo die Überschrift „Hof Heitke". Interessiert sah er sich das Bild darunter genauer an. Er glaubte, seinen Augen nicht zu trauen. Das konnte doch nicht … Ja gab's denn das! Auf einem vergilbten Schwarz-Weiß-Bild war ziemlich genau der Hof mit den charakteristisch geschwungenen Pferdeköpfen wiederzuerkennen. Zwar war die goldene Färbung nicht auszumachen, aber die herrschaftliche Gebäudeform mit den beiden massiven weißen Säulen rechts und links der Haustür ließ keinen Zweifel daran, dass dieses Foto den Hof seines Dirigenten Manfred Eckers zeigte.

Aufgeregt reichte er Tobias den Ordner zurück. Der hatte eine weitere Neuigkeit für ihn:

„Unserer Praktikantin ist vorhin noch etwas eingefallen. Vor ein paar Tagen war ein Italiener hier, der ihr das Foto der drei Italiener gezeigt hat. Warte mal ..." Er rief eine junge Frau mit blondem Pferdeschwanz, die gerade die Prospektständer auffüllte. „Nele, kommst du? Erzähl mal eben von dem Italiener."

„Der kam rein und hat sich ganz lange überall umgesehen. Irgendwann ist er an den Tresen und hält mir ein Foto hin. Das kam mir sofort bekannt vor, weil Tobias kurz vorher das Gleiche bei uns an die Pinnwand gehängt hatte."

„Und was haben Sie ihm gesagt?"

„Nicht viel. Nur, dass er sich bei dieser A.L.T. erkundigen könnte. Er nickte nur, als würde er diese Organisation schon kennen."

„Wirkte er nervös? Oder aufgeregt?", fragte Karlo.

„Eher schüchtern. Und sehr zurückhaltend. Er sprach extrem leise."

Karlo dachte nach. „Hatte er rote Haare?"

„Ja! Das hatte mich noch so gewundert. Ist doch eher selten in Italien, oder?"

„Und wie alt war er?", wollte Tobias wissen.

„Ich denke, so um die vierzig."

Karlo überlegte. Was wollte dieser rothaarige Italiener hier? Vielleicht war er die Verbindung zu dem dritten Mann auf dem Foto?

„Ich mach' dann mal weiter", sagte Nele und schlenderte wieder zu den Prospektständern.

Karlo und Tobias nickten ihr dankend zu.

„Und? Konntest du was mit den Aufzeichnungen anfangen?", fragte Tobias.

„Kann sein, dafür muss ich aber noch ein paar Erkundigungen einholen."

Tobias fixierte Karlo mit ernster Miene. „Ich hoffe, du weißt, was du tust. Die Leute hier sind nicht besonders scharf darauf, Vergangenes wieder an die Oberfläche zu zerren."

„Klar doch. Ist es vielleicht möglich, dass ich mir dieses Foto für einen Moment ausleihe?"

Tobias beobachtete aus dem Augenwinkel eine andere Kollegin, die einer amerikanischen Besuchergruppe den ersten Punkt ihrer Audiotour erklärte.

„Eigentlich geben wir kein Dokumaterial aus der Hand, aber ich kann ja mal eine Ausnahme machen. Du wolltest doch auch noch die Nummer von dieser Organisation haben. Hab' ich dir rausgesucht."

Mit der Telefonnummer und dem Bild in der Hand verließ Karlo das Gebäude.

Mehrere Paddelboote hatten am Steg seiner Chorgaststätte „De Landstuv" festgemacht. Wahrscheinlich ein Betriebsausflug, dessen Teilnehmer gerade in der Gaststätte zu Mittag aßen. Karlo hatte noch ungefähr zwanzig Minuten Zeit, bis Reparatur und gründliche Reinigung seines Wagens beendet waren. Deshalb hatte er beschlossen, sich auf dem hölzernen Anlegeplatz gegenüber der Werkstatt hinzulegen. Während er in den bewölkten Himmel blickte, zogen die Gedanken wie unzählige kleine Wolken durch seinen Kopf. Mantova, Gianna, Malzke, Gianna, Tobias, Heitke, Gianna, rothaariger Italiener, Manfred? Ja, wie passte Manfred in das Gefüge? Ob er von der Vergangenheit seines Hofes wusste? Was Gianna wohl gerade machte?

Plötzlich vernahm er hinter sich ein Geräusch. In unmittelbarer Nähe des Stegs befand sich eine dichte Hecke, die den Blick auf die Mülltonnen hinter der Gaststätte versperrte. Es hörte sich so an, als würde jemand hinter der Hecke einen schweren Gegenstand schnell hin- und herbewegen. Als der Lärm immer heftiger wurde, packte ihn die Neugier und er näherte sich leise der Geräuschquelle. Hier wurde er

Zeuge eines besonderen Schauspiels: Durch einen Spalt im Gebüsch war deutlich zu erkennen, wie ein Mann vor einer Mülltonne stand und sich in eindeutigen Bewegungen um eine Frau bemühte, die ihm zugewandt auf der Tonne saß. Eng hielt sie die Beine um ihn geschlungen. Dabei rollte das schwarze Sitzmöbel geräuschvoll hin und her. Die rothaarige Frau gab leise quietschende Töne von sich. Unvermittelt musste Karlo grinsen. Und so etwas passierte am helllichten Tag im idyllischen Curslack! Was für ein Skandal! Sein Grinsen wurde breiter, als er auch noch das Gesicht der Frau und den grauen Bürstenschnitt des Mannes erkennen konnte. Vor seinen wachsamen Augen vergnügten sich die gute Frau Erd-Fels und ihr Chef, der Herr Prinzling, im Vierländer Busch! Wenn er sich dunkel an den Festumzug erinnerte, dann fand dieses vertraute Stelldichein nicht zum ersten Mal statt! Da er keine Lust verspürte, von den beiden Amtsschimmeln beim Spannern erwischt zu werden, entfernte er sich schnell vom Ort der glühenden Leidenschaft. So langsam sollte sein Auto auch fertig sein.

Als Karlo die stark befahrene Straße überqueren wollte, bemerkte er auf seiner Straßenseite eine junge Frau. Beim Anblick ihrer ausgewachsenen Dauerwelle und den blonden Strähnen rutschte ihm das Herz fast in die Hose. Biggie vom Festumzug! Am liebsten hätte Karlo sie komplett aus seiner Erinnerung gestrichen. Trotzdem begrüßte er sie höflich, als sich ihre Wege kreuzten. Ohne ein einziges Wort zu verlieren, ging sie hoch erhobenen Hauptes an ihm vorbei. Karlo sah ihr noch dabei zu, wie sie auf einem Parkplatz einen rosa Kleinwagen aufschloss. Er verspürte keine Lust, noch weiter über diese peinliche Episode nachzudenken. Wahrscheinlich würde sie sich bald mit einem der Kurzgeschorenen trösten, ihn heiraten und glatzköpfige Kinder in die Welt setzen. Er hatte nun wirklich andere – wichtigere - Dinge zu erledigen.

Außerdem wurden ihm die Knie immer noch ganz weich, wenn er an die letzte Nacht mit Gianna zurückdachte!

Aus seinem gereinigten Auto meldete er sich zunächst im Hotel, um Erne mitzuteilen, dass sie das Telefon an Peter übergeben konnte. Als am anderen Ende der Hörer abgenommen wurde, bemerkte er, dass dies bereits geschehen war.

„Vierländer Hof, Timmke, was kann ich für Sie tun?“, flötete sein hörbar gelöster Nachbar in den Hörer.

„Ach hallo Peter. Alles klar bei dir?“

„Erne is’ schon wech. Sie wollte, dass du eben noch mal kurz bei ihr vorbeischaust, wegen Kräuter, oder so.“

„Ach ja, die Kräuter! Hab’ erst noch was zu erledigen. Kann ich dich so lange in Anspruch nehmen?“

„Klaro! Kein Problem. Gianna und ich verstehen uns gut.“

„Ach, ist sie bei dir?“ Karlos Sehnsucht wuchs.

„In Lebensgröße.“

„Gib sie mir doch mal eben.“

„Ciao!“, hauchte Gianna sanft in den Hörer.

Karlo musste sich zusammenreißen: „Ciao bella! Geht’s dir gut?“

„Ja, ganz gut, wann kommst du zurück, Karlo?“

Wie sie seinen Namen aussprach! Das fast gehauchte „K“. Das rollende „R“. Er musste so schnell wie möglich wieder zu ihr!

„Bald. Ich bräuchte deine Hilfe. Tobias hat mir die Nummer von dieser italienischen Organisation A.L.T. gegeben.“

„A.L.T.?“ Gianna verstand nicht sofort.

„Die Abkürzung auf dem Foto der drei Häftlinge. Das ist eine Organisation in Italien. Könntest du da vielleicht einmal

anrufen? Vielleicht wissen die Neues über Mantova."
„Va bene. Mache ich."

22. Getroffen

An diesem frühen Nachmittag war der Curslacker Deich nicht sehr stark befahren. Lediglich ein Trecker und zwei Familienvans kamen ihm entgegen. Nach wenigen Minuten hat Karlo den ehemaligen Hof Heitke erreicht. Langsam fuhr er die geschwungene Auffahrt hinunter, um seinen frisch gereinigten Wagen in einer der buchsbaumgesäumten Parkbuchten abzustellen. Diesmal stand dort kein dunkelblauer Mercedes.

Wie bei seinem ersten Besuch saß die alte Frau zusammengesunken auf der Bank am Haupthaus und döste in der Sonne. Ihr lila-geblümter Kittel schien ein bis zwei Nummern zu groß für ihren Körper. Kraftlos hingen die zerbrechlich wirkenden Arme an den Seiten herunter. Die weißgrauen Haare hatte sie im Nacken zu einem Knoten geschlungen. Unzählige kleine Fältchen durchzogen ihr von Wind und Sonne gegerbtes Gesicht. In ihrer unmittelbaren Nähe zupfte ein Mann in gebückter Haltung das Unkraut zwischen den Rosenstöcken des Bauerngartens.

Mit zaghaften Schritten näherte sich Karlo der Bank. Wenige Meter von der dösenden Frau entfernt räusperte er sich. Sie schien ihn nicht zu bemerken.

Daraufhin fasste er sich ein Herz und sprach sie an:

„Frau Eckers?“

Sie blinzelte müde und antwortete mit dünner Stimme: „Meine Söhne sind nich' da.“

Karlo räusperte sich noch einmal. „Eigentlich … wollte ich auch zu Ihnen.“

Langsam führte sie die rechte altersgefleckte Hand als Sonnenschutz zur Stirn und sah ihn erstaunt an. „Zu mir?“

„Entschuldigen Sie bitte, aber vielleicht darf ich mich erst einmal vorstellen.“ Er streckte ihr die Hand hin, die sie kaum merklich drückte. „Karl Kolberg vom Hotel Vierländer Hof. Ich bin ein Sangesbruder ihres Sohnes Manfred. Entschuldigen Sie, dass ich hier so einfach hereinplatze. Aber ich hätte da mal eine Frage an Sie, Frau Eckers.“ Er holte ein Foto hervor und zeigte es ihr. „Ist das hier Ihr Hof?“

Nach einem kurzen Blick auf das Bild nickte sie langsam mit dem Kopf. „Jo, dat wird er wohl sein. Is' aber lange her.“ Ihr Blick schweifte ab, als würde sie in Gedanken auf Reisen gehen. „Wo ham Sie dat denn her?“

„Von der Gedenkstätte in Neuengamme.“ Forschend betrachtete er ihr Gesicht und wartete auf ihre Reaktion.

„Neuengamme.“

Karlo musste sich anstrengen, um ihr Hauchen zu verstehen. Frau Eckers senkte die Augen und rieb die Daumen der gefalteten Hände unaufhörlich aneinander. Durch einen kurzen Seitenblick stellte er fest, dass der Arbeiter eine Pause eingelegt hatte und interessiert zu ihnen herübersah. Als der Mann Karlos Blick bemerkte, wandte er sich umgehend wieder seiner Arbeit zu.

Nach langem Schweigen hörte die Frau auf, ihre Daumen aneinander zu reiben und sah Karlo traurig an. „Junger Mann, wat woll'n Sie von mir? Warum interessieren Sie sich für unser'n Hof?“

Karlo ignorierte die Frage und hielt ihr das Bild von Paolo Rossi, Enrico Mantova und Francesco Pace hin. Ida Eckers sah es an, wurde blass und schwieg wieder.

„Kennen Sie vielleicht die Herren auf dem Foto?“

Keine Antwort. Ausdruckslos fixierte sie einen unbestimmten Punkt in der Ferne.

Mittlerweile hatte Karlo eingesehen, dass er seiner Gesprächspartnerin eine Erklärung für sein Verhalten schuldig war. Kurz berichtete er ihr von seinem Hotelgast Flavio

Mantova, in dessen Zimmer er dieses Foto gefunden hatte.

„Soweit ich weiß, war der eine Mann auf dem Bild der Vater meines Gastes. Herr Mantova junior ist in diese Gegend gereist, um Erkundigungen nach dessen Schicksal einzuholen." Kurz sah er in die leeren Augen der alten Frau und fuhr fort: „Ich würde nun gerne wissen, ob es einen Zusammenhang zwischen seinem Tod und diesem Foto gibt."

„Seinem Tod?" Entsetzt nahm Ida diese Nachricht auf. Dann schien sie noch mehr in sich zusammenzusinken. Mit leiser fast nicht hörbarer Stimme fragte sie: „Wieso kommen Sie zu mir? Ich bin doch nur 'ne alte Frau und weiß nix."

Karlo zögerte einen Moment. „... Ich … ich will Ihnen wirklich nicht zu nahe treten Frau Eckers, aber bei der Gedenkstätte habe ich erfahren, dass der eine Mann auf dem Foto ... also Enrico Mantova ... der soll ja unter anderem auf diesem Bauernhof gearbeitet haben und sich sehr gut mit der Tochter verstanden haben ..."

Nach Karlos letzten Worten ging ein Ruck durch ihren Körper. Umgehend erhob sich die alte Frau von der Bank und mahnte ihn mit energischer Stimme zum Aufbruch: „Bitte, geh'n Sie jetzt. Ich will nix mehr davon hören. Dat geht Sie alles nix an!"

„Aber ich ..." Ihm fehlten die Worte. Ihre heftige Reaktion überraschte ihn. Ohne ein weiteres Wort zu verlieren, bewegte sich Ida mit eiligen Schritten in Richtung der säulengesäumten Haustür. Die Zerbrechlichkeit von vorhin war vollkommen von ihr abgefallen. Zur Besänftigung rief Karlo noch hinter ihr her: „Entschuldigen Sie vielmals, Frau Eckers, ich wollte nicht ..."

Doch sie hörte ihn schon nicht mehr. Mit einem langgezogenen Quietschen und einem lauten Rums war die schwere weiß-grüne Holztür ins Schloss gefallen.

Verstört sah Karlo ihr noch einen Moment nach. Nach

einer Weile trat er langsam den Rückweg durch den Bauerngarten an.

„Hallo! Warten Sie, mein Herr!“ Fragend sah Karlo dem Mann in staubiger grauer Arbeitskleidung entgegen, der zu ihm herübergelaufen kam. „Entschuldigen Sie vielmals, aber kann ich vielleicht Ihnen helfen.“ Er nahm kurz seine Mütze ab und deutete eine Verbeugung an. „Wadek. Wadek Woletzki. Ich gesehen, dass Sie Chefin haben Fotos gezeigt. Ich weiß nicht, ob das für Sie ist wichtig, aber vor ein paar Tage war Mann hier, der auch solche alte Fotos hat gezeigt.“

Verblüfft fragte Karlo nach: „War das ein Italiener?“

„War keine Deutsche!“

„Wem hat er Fotos gezeigt?“

„Die Chefin.“

„Und wie hat sie reagiert?“

„Geweint und dann Mann umarmt. Wir alle überrascht. So was sie macht nie. Chefin ist gute Frau, aber nie lachen.“

„Und was war dann?“

„Sie gehen in Haus. Dann Mann nicht mehr gesehen.“

Karlo dachte nach. „Wann war das?“

„Samstagnachmittag. Wir arbeiten hier mit Rosen. Chefs nicht da.“

„Sie arbeiten am Samstagnachmittag?“, erkundigte sich Karlo verwundert.

Der Mann zuckte mit den Schultern. „Ist so, Familie in Polen braucht Geld.“

„Und Sonntag?“

„Letzte Sonntag alle Arbeiter ganze Tag frei für Fest. Nett von die Chefs.“

„Sonst nicht?“

„Sonntagvormittag wir dürfen nach Kirche, aber danach Arbeit. Ist normal.“ Achselzuckend hob er beide Hände und lächelte verschmitzt, dabei blitzten mehrere Goldzähne in seinem Oberkiefer.

Ob das alle so machten? Es gab sicherlich keine Gewerkschaft, die sich um polnische Wanderarbeiter kümmerte. „Danke, Herr Woletzki."

„Chefin muss mehr lachen. Nicht schön immer so traurig." Zum Abschied tippte Wadek an seine Mütze und begab sich wieder zu den Rosen.

Zum Glück stand sein weißer Lieferwagen noch allein auf dem Parkplatz. Nach einem Zusammentreffen mit Manfred oder seinem Bruder Alfred stand ihm im Moment nicht der Sinn. Wieder einmal musste er seine Gedanken ordnen. Das Gespräch mit Ida hatte ihm gezeigt, dass die Familie Eckers voller Widersprüche steckte. Einerseits galten die Brüder Manfred und Alfred als erfolgreiche Unternehmer mit sozialem Engagement in diversen Vereinen. Auf der anderen Seite beschäftigten sie vermutlich polnische Schwarzarbeiter zu nicht gerade tarifkonformen Bedingungen. Trotzdem vermutete Karlo, dass die Brüder Eckers nicht die einzigen in der Gegend waren, die ihren Betrieb auf diese Wiese am Laufen hielten. Viel mehr interessierte Karlo jedoch das Verhalten von Ida Eckers. Warum war sie so plötzlich aufgestanden? Hatte er wirklich den Nagel auf den Kopf getroffen? Warum hatte sie Flavio Mantova bei seinem Besuch umarmt? Fast in Zeitlupe drehte er den Zündschlüssel und verließ im Schritttempo den Hof.

„Dieser Holzklotz! So ein gefühlloser Kerl! Der soll ..."

Bevor Erne ihre Schimpftirade beenden konnte, hatte sie auch schon ihren Chef erblickt.

Mit nachdenklicher Miene kam er direkt auf sie zu. Auch wenn Karlo von seinem Besuch bei Ida Eckers innerlich noch sehr aufgewühlt war, hatte er sich kurz vor dem Einbiegen in die Hoteleinfahrt noch an die Kräuter erinnert.

„Herr Kolberg, bitte entschuldigen Sie. Ich hab' Sie nich' gleich gesehen!“ Eilig wischte sich Erne ein paar gelöste Strähnen aus dem Gesicht und strich ihren Pullover glatt.

„Hallo Erne! Peter sagte mir, ich sollte mir noch mal die Kräuter ansehen.“

„Klar doch, ein' Moment. Ich hab’ da mal wat zusammengestellt. Hinrich wusst' ja auch nich', wat Sie so wollen.“ Sie zog die Stirn kraus.

„Ärger?“

„Dieser Dösbaddel! Der stellt sich so bannig an zur Zeit. Keiner darf in seinen Schuppen. Hochkant hat er mich rausgeschmissen. Der macht mich ganz rammdösig. … Männer!“

Karlo wusste nicht, was er als Vertreter derselben Spezies dem noch hinzufügen sollte. Aber wenn er es sich recht überlegte, war das Verhalten von Hinrich schon merkwürdig. Seine Eifersucht in Bezug auf Erne war ja dorfbekannt, aber warum durfte keiner in seinen Schuppen? Hatte er dort etwas zu verbergen?

„Na ja, nützt ja nix“, unterbrach Erne seine Gedanken. „So, dat wär's: Lavendel, Thymian, Minze und 'n büschen Weihrauch.“

Von den vier Paletten mit jeweils zwanzig kleinen Töpfen sah er umgehend auf die Uhr: Halb drei schon. Was Gianna wohl gerade machte? Wahrscheinlich kannte sie mittlerweile alle Motorradmarken des vergangenen Jahrhunderts!

„Oh, Erne, ich muss weiter, haben Sie vielen Dank.“ Unschlüssig scharrte Karlo im Sand vor dem Gewächshaus.

„Gibt’s noch was?“, fragte Erne ahnungsvoll.

„Sagen Sie mal, Erne, kennen Sie zufällig Ida Eckers?“

„Ja, natürlich. Meine Tante war mit ihr in eine’ Klasse. Da hieß sie aber noch Heitke. Wat is' denn mit der?“

„Hab' mich gerade mit ihr unterhalten ..."

„Sie hat's ja nich' leicht gehabt, die Ida, dat kann ich Ihnen sagen. Die Söhne ham ihr nicht nur Freude bereitet."

„Kennen Sie denn auch eventuell die Geschichte von einer Heitke, die mal was mit einem italienischen KZ-Häftling gehabt haben soll?"

„Irgendso wat hab' ich mal gehört. Und Sie meinen - dat war die Ida?"

„Könnte doch sein. Auf alle Fälle hat sie ziemlich heftig reagiert, als ich sie danach fragte."

„Na, min Jung, da kann ich die Ida aber verstehen." Erne sah ihn vorwurfsvoll an. „Dat is' doch peinlich."

„Da mögen Sie recht haben." Ein wenig verlegen strich sich Karlo einige Haare aus dem Gesicht. „Mich interessiert jetzt nur, wie der junge Mantova in das ganze Bild passt. Schließlich war dieser italienische Häftling sein Vater."

„Ach was!? Dascha 'n starkes Stück! Woher wissen Sie dat denn?"

Karlo erzählte von Tobias' Nachforschungen und Herrn Malzke.

„Dann wollt' der hier also nach sein' Vadder suchen?"

„Na ja, besser gesagt nach seinen sterblichen Überresten. Er war anscheinend auf jedem Friedhof in der Umgebung und natürlich auch in Neuengamme."

„Du ahnst es nich'!"

„Und der Familie Eckers hat er wohl auch einen Besuch abgestattet. Auf alle Fälle soll er der alten Ida das Foto der drei Häftlinge gezeigt haben, und die hat ihn daraufhin in die Arme genommen."

„Ach deshalb ...", fing Erne an.

„Was?"

„Am Sonntag bei dem Umzug bin ich gewahr geworden, wie er auch mit Alfred Eckers geschnackt hat."

„Mit Alfred? Worüber denn?“

„Weiß ich nich', die standen zu weit weg. Aber da war wat los.“

Karlo stutzte. „Ja aber, wie haben die beiden denn eigentlich miteinander geredet?“

„Englisch. Alfred hat da mal 'n paar Kurse besucht. Für 'n Export. Die handeln doch mit allem, wat man sich vorstellen kann.“

Nachdenklich sah Karlo zu den hinteren Gewächshäusern hinüber. Schemenhaft konnte er ein paar Paddelboote auf der Dove-Elbe erkennen, die den Rückweg zum Bootsverleih angetreten hatten. Was sollte er nur tun? Alles, was er wusste, dem Kommissar berichten? Eine Nacht drüber schlafen? Fest stand, dass Flavio Mantova mithilfe des Fotos aus diesem Ordner der Gedenkstätte überall nach dem Hof gesucht haben musste, auf dem sein Vater zuletzt gearbeitet hatte. Sonst hätte er dem ehemaligen Hof Heitke und seinen Bewohnern keinen Besuch abstatten können. Also war es tatsächlich Mantova, der Manfreds Nummer in seinem Telefonbuch angekreuzt hatte.

Skeptisch betrachtete Erne ihren nachdenklichen Chef. „Lassen Sie sich da mal auf keine Schwierigkeiten ein, Herr Kolberg!“

„Da sind Sie mir die Richtige! Zuerst soll ich alles über den verschwundenen Mantova herausfinden und jetzt ...“

„Ich mein’ ja bloß. Unter jedem Dach ein Ach! Wenn die Leute wat zu verbergen haben, dann zeigt sich ihr wahrer Charakter.“

„Machen Sie sich da mal keine Sorgen, Erne. Noch bin ich Hotelier und kein Oberhauptkommissar.“

23. Verdächtigungen

Kurz nachdem Karlo das blau-grüne Kirchportal geöffnet hatte, wurde er von harmonischen Orgelklängen begrüßt. Langsam schritt er den rotgefliesten Gang hinunter und öffnete eine niedrige Holztür auf der rechten Seite, um sich auf eine der ebenfalls blau-grünen Holzbänke zu setzen. Bei jedem seiner wenigen Besuche hier fiel ihm das große Gemälde auf, das direkt gegenüber dem Eingang hing. Einladend aber auch fordernd streckte Jesus dem Kirchgänger seine Hand entgegen. Ein weißes Tuch, das ihm über der einen Schulter hing, betonte den athletischen Oberkörper mehr, als dass es ihn verhüllte. Rechts von dem Jesusbild war das Gemälde eines ehemaligen Pastoren zu sehen, der über seinem Talar die typisch norddeutsche weiße Ratsherrenkrause trug. Auch Christian legte sie bisweilen an. Seine Gesten kamen Karlo dann noch pompöser vor als sonst. Sein Blick glitt über die beiden üppigen goldenen Kronleuchter im Mittelgang zu den schmiedeeisernen Hutständern, die an vielen Bänken angebracht worden waren. An den Hutständern waren teilweise die Berufe der Besitzer, Städtewappen aber auch Familieninsignien zu erkennen. Zum ersten Mal fiel ihm der Hutständer in der ersten Reihe vor dem Altar auf. Seine Spitze zierten zwei einander zugewandte goldene Pferdeköpfe.

Für einen Moment schloss er die Augen und konzentrierte sich auf die Musik. Kräftige Akkorde wechselten sich mit kurzen fröhlichen Melodien ab. Ihn überraschte, dass diese alte ehrwürdige Orgel eine derartige Leichtigkeit zuließ. Diese Art zu spielen war kein Vergleich zu den zaghaften und manchmal auch falschen Klängen, die der alte Jakob aus dem Instrument herausquetschte. Gianna schien ihre Umwelt vollkommen vergessen zu haben. Versunken saß sie vor den Tasten und spielte hingebungsvoll. Die langen dunklen Locken schmiegten sich an ihren geraden Rücken und bewegten sich mit ihrem Körper leicht hin und her. Ihre zarten Finger schienen den nächsten Ton zu erfühlen, so, als würde die Orgel zu ihr gehören und sie durch sie sprechen.

Sein andächtiges Lauschen wurde gestört, als ein weiterer Zuhörer leise neben ihm in die Bank rutschte.

„Echt begabt!“, ließ der Pastor anerkennend vernehmen.

„Mmh.“ Karlo war noch ein wenig abwesend.

„Das geht schon über eine Stunde so!“

„Ach ja?“ Erstaunt sah Karlo Christian an.

„Und wenn ich’s dir sage! Plötzlich stand sie vor der Tür und hat freundlich gefragt, ob sie spielen dürfte. Wenn noch mehr in der Gemeinde auf diese Art Einlass verlangen würden, dann wäre die Kirche endlich wieder voll!“ Christian grinste. „Ich habe ihr natürlich erst mal eine kleine Führung zukommen lassen. Unser Taufbecken, den Altar. Den Beichtstuhl.“

„So so, den Beichtstuhl!“, bemerkte Karlo nervös.

„Jetzt fang' du nicht auch noch davon an. Dorftratsch!“ Christians unbeschwerte Miene verfinsterte sich.

„Ich mein' ja nur“, wich Karlo aus.

Vor ein paar Monaten hatte ein Gerücht die Runde gemacht, dass eben aus diesem Beichtstuhl verdächtige Geräusche gekommen waren, nachdem der Pastor einer höchst attraktiven blonden Polin auf deren inständige Bitte die Beichte abgenommen hatte. Dieses Ritual war in einer evangelischen Kirche ein äußerst seltener Brauch und soll an dem Tag ungewöhnlich lange gedauert haben. Außerdem wollten zwei ältere Damen aus dem Bibelkreis eindeutige Laute vernommen haben. Christian selbst hatte diese Geschichte weit von sich gewiesen. Karlo war sich nie sicher gewesen, wem er in der Sache Glauben schenken sollte.

„Zu deiner Beruhigung: Gianna hatte nur Augen für die Orgel. Da sitzt sie jetzt, wie gesagt, seit fast einer Stunde!"

Karlo richtete seine Aufmerksamkeit wieder auf die Musik. Gianna hatte ein ruhigeres Stück begonnen. Ihr Körper bewegte sich kaum. Die Haare lagen still auf dem Rücken. Nur ihre Finger drückten behutsam die Tasten herunter.

„Sie spielt schön, finde ich." Karlo hatte sich nie besonders für klassische Musik interessiert, aber Gianna berührte ihn.

Christian pflichtete ihm bei. Schweigend verharrten die Männer in der Bank. Plötzlich verstummte die Musik.

Einen Moment verweilte Gianna vor den Tasten und stand dann langsam auf. Nachdem sie von der Empore herabgestiegen war, begab sie sich mit beseeltem Gesichtsausdruck zu ihren beiden Zuhörern, die sich einer nach dem anderen von der Bank erhoben.

Ein wenig verlegen begrüßte sie die beiden:

„Ciao."

Karlo trat unschlüssig von einem Bein auf das andere. Sollte er sie in den Arm nehmen? Sie küssen? Tat man das in einer Kirche, auch wenn man nicht gerade geheiratet hatte? Was würde Christian sagen? Er wusste es nicht.

„Ciao!", grüßte er deshalb lediglich zurück.

„Scusate! Entschuldigen Sie, dass ich Sie so lange mit meinem Spiel gestört habe."

Dabei sah sie den Pastor unsicher an, der ihr sogleich widersprach: „Nein, nein! Das war ganz wunderbar! Magnifico!"

Beglückt blickte sie zu Karlo hinüber, der noch nicht wusste, welche Worte er seinen Emotionen verleihen sollte. „Du … du ... hast wunderschön gespielt, Gianna."

„Danke! Es tut so gut, endlich wieder Musik zu machen.

Ich fühle mich ganz befreit. Rilassata!“

„Da hat die casa domini, das Haus Gottes, mal wieder ganze Arbeit geleistet! So soll es sein!“ Christian breitete in theatralischer Geste die Arme aus. „So, meine Schäfchen, mea culpa, aber jetzt müssen wir leider unsere kleine Konzertnachlese beenden, denn in wenigen Minuten wird hier ein aufgeregtes Paar hereinschneien, das seine bevorstehende Hochzeit en détail proben möchte.“

Beim Hinausgehen ergriff Karlo unter Christians genauer Beobachtung verstohlen Giannas Hand. Vor der Tür wurde der Pastor bereits von den zukünftigen Brautleuten erwartet.

Mit einem Seitenblick verabschiedete er sich von Gianna und Karlo: „So, ihr Turteltäubchen, wenn ihr mal euren großen Tag planen wollt, stehe ich euch gerne zur Verfügung!“

Hand in Hand schlenderten sie eine kurze Weile den Deich entlang. Nach wenigen hundert Metern führte Karlo Gianna auf eine Wiese, die unterhalb der Straße lag. Bei einer eng beieinander stehenden Baumgruppe hielten sie an und ließen sich nieder. Karlo zog seine Jacke aus und bot Gianna einen Platz darauf an. Kaum saß Gianna, gab er seine vorherige Zurückhaltung auf und suchte ihren Mund. Endlich! Nach einer gefühlten Ewigkeit löste sich Gianna von ihm.

„Woher wusstest du, dass ich in der Kirche bin?“

„Das habe ich gefühlt!“

„Bugiardo!“

„Du nennst mich einen Lügner? Na warte ...“ In gespielter Empörung drückte er sie zu Boden und setzte sich rittlings auf sie. „Ich kann auch anders!“

„Da bekomme ich aber Angst!“

„Das solltest du auch!“ Er küsste sie fordernder, was sie gerne erwiderte.

Trotzdem wollte sie sich mit seiner vorherigen Antwort nicht zufrieden geben.

„Jetzt sag' schon: Woher wusstest du, dass ich in der Kirche bin?"

Seufzend rollte Karlo von Gianna herunter, die in die dichte Wolkendecke über den Bäumen starrte.

„Na gut. Du gibst ja doch keine Ruhe. Ich war eben noch im Hotel und habe dort Peter getroffen. Der wusste Bescheid."

Gianna seufzte leise und sah ihn dann traurig an.

„Ich musste einfach spielen, mich abreagieren nach all diesen blöden Sachen."

„Was für Sachen?" Sie meinte doch wohl nicht letzte Nacht?

„Ach, dieser blöde Commissario Spannig."

„Spannich?" Karlo schwante Böses. „War der im Hotel?"

„Ja, plötzlich stand er im Frühstücksraum und hat gefragt, wo eine gewisse Gianna Moretti wäre. Ich habe mich gefühlt wie ein Assassino!" Ihr Gesicht drückte uneingeschränkte Empörung aus. „Wie ein Mörder!"

„Und wie ging es weiter?"

„Er wollte einfach alles über Franco wissen."

„Und?"

„Ich habe ihm erzählt, was ich wusste."

„Und - wie hat er reagiert? Wollte er dann dorthin?"

„Weiß ich nicht. Der hat sich unheimlich wichtig gemacht. Und hat mir so gemeine Fragen gestellt, als ob ich diese Menschen selbst in den Schuppen gesperrt hätte. Oder, als ob ich die verlassene Geliebte von Franco bin. Imbecille!"

„Sehr sympathisch ist der nicht gerade, das stimmt."

„Der hat auch gar kein Mitleid mit den Menschen im Schuppen. Um die geht es doch!"

„Mach dir nichts draus. Das ist ein Idiot." Karlo starrte in den Himmel. Außerhalb des dichten Baumgeflechts sammelten sich unzählige Gewitterfliegen zu dichten Schwärmen.

„Bevor ich es vergesse ...", fuhr Gianna fort. „... ich habe bei dieser Associazione angerufen. Diese A.L.T."

„Ach ja!" Er drehte sich auf die Seite und stützte sich auf einem Ellenbogen ab.

„‚Amici della libertà di Trieste' heißt die Vereinigung."

„Und was machen die?"

Gianna setzte sich auf und begann einen gestenreichen Vortrag: „Allora, die ‚Freunde der Freiheit von Trieste' haben sich als Gruppe zusammengeschlossen, um die Erinnerung an die Partisanen wach zu halten."

„Partisanen?" Karlo kramte in seinem mageren Geschichtsgedächtnis. „Waren das nicht die Gegner von Mussolini und seinen Faschisten? Die haben sich doch in den Bergen und Hügeln versteckt, oder?"

„Esatto. Genau. Im Verborgenen haben sie gegen das Regime gekämpft. Viele, viele mussten dabei ihr Leben lassen."

„Und was hat unser Mantova damit zu tun?"

„Bei meinem Anruf wurde mir berichtet, dass vor einigen Wochen ein Signor Flavio Mantova bei ihnen war, um etwas über seinen Vater herauszufinden. Erst auf dem Sterbebett seiner Mutter hätte er erfahren, dass dieser während des Zweiten Weltkriegs nach Deutschland abtransportiert worden war."

Karlo stutzte. „Wieso wussten die bei dieser A.L.T. sofort darüber Bescheid? Da kommt doch sicherlich öfter jemand vorbei."

„Zum Glück war die Person am Telefon, die sich vor ein paar Wochen mit unserem Mantova unterhalten hatte. Der konnte sich ziemlich genau an ihn erinnern. Und auch an einen anderen Mann, der kurz nach Mantovas Besuch zu ihnen gekommen war und sich nach Francesco Pace erkundigt hatte."

„Der dritte Mann!", rief Karlo aus. „Hat der seinen Namen genannt?"

„Si, Luca. Luca Pace."

„Pace! Irgendjemand aus Francesco Paces Familie hat sich ebenfalls auf die Suche gemacht!" Langsam komplettierte sich das Puzzle in Karlos Kopf. „Wussten die denn, warum Mantova, Pace und Rossi nach Deutschland gebracht worden waren?"

„Das hängt wohl mit der zeitgeschichtlichen Entwicklung zusammen. Dunque, pass auf: Im September 1943 war Mussolini gestürzt worden, wodurch auch die deutsch-italienische Achse zerbrochen war. Die einmarschierenden Deutschen hatten die italienischen Soldaten größtenteils entwaffnet und verhaftet. Einige waren sogar als Bandenverdächtige, also mutmaßliche Partisanen, in italienischen Gefängnissen interniert und dann nach Deutschland in Konzentrationslager überstellt worden. Das scheint auf alle Fälle Mantova und Pace passiert zu sein. Rossi konnte bis heute keiner Partisanengruppe eindeutig zugeordnet werden."

„Scheint?"

„Es muss wohl ziemlich schwierig sein, etwas über diese Häftlinge herauszufinden, da für Soldaten laut internationalem Kriegsrecht galt, dass sie eigentlich nicht in Konzentrationslager überstellt werden durften. Aus diesem Grund sind die Aufzeichnungen sehr lückenhaft."

„Konnte man dir jetzt konkret etwas zu dem Verbleib unseres Mantova sagen?"

„Nach ihren Nachforschungen war der junge Soldat Enrico Mantova als Bandenverdächtiger Ende September 1943 in das Gefängnis Coroneo di Trieste gebracht worden. Von dort ging seine Odyssee wohl weiter nach Buchenwald und wahrscheinlich nach Neuengamme.“

„Warum wahrscheinlich?“

„Ab der Station Buchenwald enden die genauen Angaben zum Häftling Enrico Mantova. Über seine Zeit in Neuengamme ist so gut wie nichts bekannt.“

„Stimmt. Im Totenbuch wird er nicht geführt.“

„Totenbuch?“

Kurz erzählte Karlo Gianna vom Haus des Gedenkens mit seinen unbewegten Fahnen und den buchhalterischen Aufzeichnungen zu den Toten des Lagers.

Nach Karlos Ausführungen fuhr sie fort:

„Bei der A.L.T. haben sie nur dieses eine Foto der drei Männer. Mein Gesprächspartner konnte mir nicht sagen, wie sie in dessen Besitz gekommen sind. Man wusste nur, dass die Häftlinge auf dem Bild in Neuengamme interniert waren.“

„Und wieso haben sie ihm zufällig gleich das Foto seines Vaters zeigen können?“

„Ganz einfach: Sie haben ihm alle vorhandenen Fotos, denen noch keine Namen zugeordnet werden konnten, vorgelegt. Und er hat sie mit einem Foto verglichen, auf dem sein Vater und Francesco Pace abgebildet waren.“

„Dann waren die beiden befreundet?“

„Sieht so aus. Übrigens hatte Luca Pace das gleiche Foto dabei.“

„Hmmh. Wussten die bei der A.L.T. auch, was Mantova vorhatte?“

„Er ließ sich eine Kopie des Bildes machen und wollte nach Deutschland abreisen, um dort mehr zu erfahren. Über Luca Paces Pläne war denen nichts bekannt. Aber eine Kopie des Bildes hatten sie ihm auch gegeben.“

Seufzend blickte Karlo Gianna an. „Mantovas Reise in

die Vergangenheit hat ihn leider das Leben gekostet."

„Meinst du wirklich, dass es da einen Zusammenhang gibt?"

„Wahrscheinlicher als einer mit der Mafia."

„Weißt du noch etwas?", bohrte sie weiter.

Nach kurzem Nachdenken gab Karlo sich einen Ruck. „Heute Morgen habe ich mich mit einem ehemaligen Häftling getroffen."

„Aus Neuengamme?"

„Ja, genau. Der hat mir sehr interessante Dinge erzählt über Mantovas Vater und seine letzte Arbeitsstätte."

„Cosa? Und was?"

Karlo berichtete vom Hof Heitke, der mittlerweile von den Brüdern Eckers geführt wurde. Von dem Tod des Häftlings Enrico Mantova, weil er angeblich ein Verhältnis mit der Tochter gehabt haben sollte. Auch von seiner Begegnung mit der am Ende sehr wortkargen Ida Eckers und der kurzen Unterhaltung mit dem polnischen Arbeiter Wadek erzählte er Gianna. Sie hörte seinen Ausführungen aufmerksam zu und unterbrach ihn kaum.

„Was mich aber am meisten stört, ist dieses zähe Schweigen. Keiner will offen reden. Alle weichen aus. Selbst Hinrich verhält sich in den letzten Tagen irgendwie noch merkwürdiger als sonst."

„Hinrich?"

„Ernes Mann." Kurz erzählte Karlo von Hinrichs dubiosem Verhalten rund um seinen Schuppen.

„Hast du das alles auch dem Kommissar erzählt?", fragte Gianna unvermittelt.

„Nicht alles." Eigentlich hatte er an Spannich überhaupt keine Information weitergegeben. „Ich habe so das Gefühl, dass dieser Polizist nicht der richtige für diesen Fall ist. Auch mit meinen Informationen würde der nicht weit kommen, weil er sich einfach nicht für die Menschen interessiert. Ich glaube, das ist ganz wichtig, um herauszufinden, wer jemanden aus welchem Grund umbringt."

„Was machst du denn jetzt mit deinem Wissen und deinem Interesse für die Menschen hier?"

Karlo überlegte lange, bevor er ihr antwortete. „Ich kann die ganze Sache nicht auf sich beruhen lassen. Das bin ich Herrn Mantova schuldig."

Sie sahen sich lange in die Augen. Gianna zog ihn zu sich heran und sie küssten sich. Am liebsten hätte Karlo einen Vorhang heruntergezogen und die ganzen Geschehnisse vergessen.

Da vibrierte es in seiner Hosentasche. Mit einem bedauernden Blick zog er sein Handy heraus.

„Kolberg?"

„Spannich hier."

Karlo verdrehte die Augen. Lautlos formte er das Wort „Kommissar" in Giannas Richtung.

„Was kann ich für Sie tun?"

„Wir haben uns mal bei diesem Franco Rossi umgesehen."

„Und? Konnten Sie die Menschen in der Scheune befreien?"

„Einige schon."

„Und was ist mit Franco?"

„Der hat sich verflüchtigt. War leider nicht auffindbar. Genauso wenig wie seine Kellnerin. Aber die habe ich dann ja später bei Ihnen angetroffen."

„Frau Moretti hat garantiert nichts mit Francos Verschwinden zu tun! Von ihr habe ich doch erst den Tipp bekommen!"

„Ja, ja, ist gut, Herr Kolberg." Nach einer kurzen Pause fuhr der Kommissar fort: „Auch wenn wir Herrn Rossi noch nicht vernehmen konnten, haben wir seinem Fahrer ein wenig auf den Zahn fühlen können."

„Seinem Fahrer?" Karlo dachte nach.

„Ziemlich kurzhaariger Kerl. Skinheadtyp. Wir kamen gerade auf den Hof, da sollten vier Farbige in seinen Kleintransporter steigen. Der Mann hat uns dann ziemlich bereitwillig Auskunft erteilt, dass er den Auftrag hatte, die Personen zu zwei verschiedenen Restaurants in Hamburg zu fahren."

„Ich hab's doch gewusst!", rief Karlo aus. „Konnte der denn etwas zu dem ganzen System sagen?"

„Wie es halt immer läuft. Insbesondere den Afrikanern wurde das goldene Land versprochen, wofür sie natürlich im Vorwege an Mittelsmänner hohe Summen zahlen mussten. Dann wurden sie auf den abenteuerlichsten Wegen nach Deutschland gebracht, um hier für Hungerlöhne zu arbeiten. Ein Großteil des Geldes ging natürlich an die Schleuser."

Gianna hatte doch ein Gespräch belauscht, an dessen Ende Mantova Franco vorgeworfen hatte: „Sei come loro. Ihr seid wie die!" Karlo schüttelte den Kopf und sprach seine Gedanken laut aus: „Das ist ja wie damals bei den Zwangsarbeitern!"

Spannich stimmte ihm zu. „Dasselbe scheint der Herr Mantova zu einem der Afrikaner gesagt zu haben."

„Woher wissen Sie das?", fragte Karlo erstaunt nach.

„Er muss sich mit einem von ihnen unterhalten haben. Hat ihnen anscheinend sogar Hilfe angeboten."

„Was passiert jetzt mit den Menschen aus dem Schuppen?"

„Da diese illegal eingereist sind, bleibt uns nichts anderes übrig, als sie wieder in ihre Länder zurückzuschicken. So leid es mir tut!" So viel Mitgefühl hätte Karlo gar nicht von dem Kommissar erwartet. „Was anderes Herr Kolberg. Warum ich Sie überhaupt anrufe." Spannich räusperte sich einmal kurz. „Sie sollten sich mal überlegen, mit welchen Frauen Sie näheren Umgang pflegen."

„Bitte? Wie darf ich das verstehen?"

„Der junge Mann hat bei der Befragung wohl sein Gewissen erleichtern wollen."

Karlo verstand überhaupt nichts mehr.

„Sie scheinen mächtig Eindruck hinterlassen zu haben bei einer gewissen Frau Birgit Schützke."

„Birgit? … Ich bin mir nicht ganz sicher ...", stammelte Karlo.

Spannich lachte kurz auf. „Das sagen Sie. Der Geständige hat ausgesagt, dass Sie diese Dame nicht besonders zuvorkommend behandelt hätten. Deshalb hätte sie ihre Kumpels angestachelt, Ihnen ein wenig die Hölle heiß zu machen." Er hielt einen Moment inne. Wahrscheinlich war die Brille wieder verrutscht. „Er sagte etwas von ein paar Anrufen und irgendwelchen Sprüchen auf Ihrer Hauswand."

„Ah ja?" Langsam dämmerte es Karlo.

„Mehr fällt Ihnen dazu nicht ein? Hat man Sie denn in letzter Zeit mit anonymen Anrufen belästigt oder vielleicht Ihre Hauswand mit Parolen beschmiert?"

Kleinlaut räumte Karlo ein: „Da waren schon ein paar komische Anrufe. Und die blöden Parolen, die hab' ich einfach übersprüht."

„Na großartig!" Spannich war vernehmlich sauer. „Warum haben Sie mich denn nicht schon früher gebrieft? Wer weiß, was die sonst noch gemacht hätten?"

„Ach, ich hab' das alles nicht so ernst genommen. Dummjungenstreiche eben."

„Dumm sind die Jungs wohl!"

„Wenn wir schon bei komischen Vorkommnissen sind." Karlo kramte kurz in seinem Gedächtnis. „Haben die vielleicht irgendwas von einem Unfall erzählt?“

„Unfall?“ Spannich war irritiert. „Ach so, richtig, eine Geschichte mit einem Trecker. Da wurde ich nicht recht schlau draus.“

Diese Mistfuhre war geplante Sabotage! Karlo konnte kaum glauben, dass diese dämliche Biggie es tatsächlich fertig gebracht hatte, all diese Anschläge auf ihn zu veranlassen. Birgit von der Kasse! Was für ein Wahnsinn!

Spannich unterbrach seine düsteren Gedanken:

„Also Herr Kolberg, das wär’s dann für heute. Sie können sich jetzt in Ruhe überlegen, ob Sie die Dame anzeigen wollen.“

„Ich lass' mir das mal durch den Kopf gehen.“

„Und sollten Sie zufällig etwas von Franco hören oder noch eine Kleinigkeit vergessen haben, dann melden Sie sich!“

24. In letzter Minute

Eine dichte dunkle Wolkendecke hing bedrohlich tief über dem Curslacker Himmel. Aus der Ferne war in längeren Abständen ein tiefes Grummeln zu hören. Als Karlo mal wieder den Curslacker Deich entlang fuhr, hatte das Grummeln bereits seine Magengegend erfasst. Sehnsüchtig musste er an Gianna denken, wie sie ihn nach ihrem kurzen Spaziergang von der schützenden Baumgruppe zum Parkplatz des Vierländer Hofs zwar aufmunternd aber mit ernster Miene verabschiedet hatte. Noch konnte er umdrehen. Warum hatte er, Karl Kolberg, es sich bloß in den Kopf gesetzt, diese ganze Angelegenheit aufzuklären? Hätte er vielleicht doch besser Kommissar Spannich alles erzählen sollen? Er hatte ein ungutes Gefühl.

Nachdem er sein Auto geparkt hatte, atmete er erst einmal tief durch und stieg dann entschlossen aus. Nach wenigen Metern fiel ihm auf dem Parkplatz ein rotes Mercedes Cabrio auf, das hinter den zwei dunkelblauen Mercedes-PKW abgestellt worden war. Wo hatte er einen so auffälligen Wagen zuletzt gesehen? Vor dem Restaurant „Da Franco“! Sollte der Besitzer etwa hier sein? Und warum? Was hatte Franco mit den Brüdern Eckers zu tun?

Mit bedächtigen Schritten ging Karlo durch den Bauerngarten. Die Rosensträucher wiegten sich leicht im aufkommenden Wind. Am Beetrand hatten sich ein paar Schnecken zu einem schleimigen Knäuel verschlungen. Wadek war heute nirgends zu entdecken. Karlo sah auf seine Uhr: Viertel nach sieben. Irgendwann mussten die Arbeiter schließlich frei haben! Die Bank an der rechten Hausseite war unbesetzt. Ida hielt sich um diese Zeit wahrscheinlich im Haus auf. Diesmal wollte er nicht mit ihr reden.

Nachdem er sich mehrmals umgesehen hatte, ging Karlo

um das Haus herum und näherte sich der großen offenen Scheune. Je näher er dem Gebäude kam, desto deutlicher waren gedämpfte Stimmen zu hören. Nach kurzem Zögern trat er ein und hielt sich instinktiv im Schatten eines Traktors verborgen.

Manfred und Alfred lehnten beide an einem großen Mähdrescher. Sie hatten die Arme vor der Brust verschränkt. Ihnen gegenüber stand ein dritter Mann, der Karlo den Rücken zuwandte. Die stämmigen kurzen Beine steckten in einer cremefarbenen Leinenhose, der kräftige Oberkörper in einem leicht zerknitterten, farblich passendem Jackett. Schwarze, wellige Haare. Franco! Die Drei schienen so in ihr Gespräch vertieft, dass sie den ungebetenen Zuhörer nicht bemerkten. Im Halbdunkel des Eingangstors konnte Karlo die letzten Sätze ihrer Unterhaltung aufschnappen.

„Wir erwarten die Lieferung dann wie besprochen in einer Woche." Wie üblich ließ Manfreds Ansage keinen Raum für Widerspruch.

„Kapiert ihr denn nicht? Die Bullen waren gerade bei mir!" Aus Francos Stimme sprach verzweifelte Wut. „Die haben alle mitgenommen! Egal ob schwarz oder weiß!"

„Und wieso haben sie dich verschont?", wunderte sich Alfred.

Franco sah sich hektisch um. „Ich war zufällig nicht da!"

„So, so, zufällig."

„Man hat mich gewarnt."

„Nützt ja alles nix, Franco. Dein geschäftliches Risiko is' nich' unser Problem." Karlo konnte erkennen, dass Manfred sein Gegenüber scharf ansah. „Bei uns is' die Saison in vollem Gange. Verzögerungen können wir uns nich' leisten."

„Ja aber, wie stellt ihr euch das vor?" Der Ton des Italieners wurde verzweifelter. „Ihr solltet auch vorsichtig sein, schließlich hängt ihr da mit drin."

Daraufhin wurde Alfred energisch: „Ich sag' dir nur eins Franco: Denk an deinen Vater, der war unserer Familie gegenüber immer loyal. Das hat ihm nie geschadet!"

Der Italiener schwieg. Er vergrub die Hände in seinen Hosentaschen und scharrte mit den Füßen auf dem frisch gefegten Boden.

„Also, wat ist nu'?", unterbrach Manfred das Schweigen. „Ich denke, wir können uns da problemlos auf dich verlassen, so wie immer! Wir könnten auch an den See fahren, da warten genug Polskis auf Arbeit."

Offenbar zerknirscht ging Franco auf die Abmachung ein: „Ist gut, ich tue, was ich kann."

Plötzlich ertönte ein schepperndes Geräusch. Karlo sah erschrocken nach unten. So ein Mist, warum lag auf diesem peinlich sauberen Hof bloß eine alte Farbdose herum? Er hatte sie wohl unbewusst mit dem Fuß berührt.

Als er wieder aufblickte, fixierten ihn drei nervöse Augenpaare.

Schnell sammelte er die Dose auf und ging forsch auf das kleine Grüppchen zu. So unverfänglich wie möglich begrüßte er seinen Chorleiter:

„Hallo Manfred, na, wie geht's?"

Alfred nickte er kurz zu. Immer noch erstaunt sah sein Dirigent ihn an.

„Da bin ich doch glatt über die Dose hier ..." Karlo schwenkte den Gegenstand in seiner Hand.

Manfred blickte dem Störenfried fest in die Augen.

„Wat führt dich denn wieder hier her? Du beehrst uns die letzten Tage ja oft mit deinem Besuch."

Karlo zögerte. „Ich wollt' nur noch was wissen."

„Wat wissen? Zu unser'm Hof? Willst' auch unter die Bauern gehen?" Manfred lachte einmal kurz auf. „Wirft dein Laden nich' genug ab?"

Sein Bruder grinste nur.

Fast erleichtert ergriff Franco die Gelegenheit und verabschiedete sich. „Ich muss los. Wir sehen uns.“ Dabei tat er die ganze Zeit so, als wäre ihm Karlo gänzlich unbekannt.

„Wir hören von dir, Franco!“

Mit verschränkten Armen lehnten sich Manfred und Alfred wieder an den Mähdrescher. Sie schürzten die Lippen und taxierten ihren ungebetenen Gast mit kaum merklich zusammengekniffenen Augen. Dabei wippten sie leicht mit den Köpfen. Karlo spielte nach außen den Ahnungslosen. Je länger das Schweigen andauerte, desto stärker wuchs seine Nervosität. Aus dem Augenwinkel heraus nahm Karlo einen Blitz am Himmel wahr.

Manfred durchbrach die darauf folgende Stille:

„Dann schieß mal los, Karl. Wat willst du wissen?“

Er nahm seinen ganzen Mut zusammen: „Es geht immer noch um den Italiener, der bei mir gewohnt hat.“

Manfred guckte irritiert. Alfred kratzte sich am Hinterkopf.

„Der jetzt tot ist?“, fragte Manfred nach.

„Genau der. Ich hatte dir doch erzählt, dass er deine Nummer in meinem Telefonbuch angekreuzt hat.“

„So?“

„Was wollte er von dir oder deiner Familie?“

Manfred wurde ungeduldig. „Auch wenn er wat gewollt haben sollte, wat interessiert dich dat?“

„Meine Gäste sind mir nun mal nicht egal.“

Manfred suchte erst Alfreds Blick, bevor er weitersprach: „Also, ich kann mich nicht daran erinnern, dass sich bei uns ein Italiener herumgetrieben hätte. Wir haben hier größtenteils Polen, das reicht schon.“

Alfred lachte abfällig. „Wat soll so einer schon von uns wollen? Wir führen keine Spaghettis!“

Unbeirrt fuhr Karlo fort: „Mir wurde erzählt, dass Sie sich während des Umzugs am letzten Wochenende mit dem Herrn unterhalten haben."

„Wer sagt das?" Schlagartig wich das Grinsen aus Alfreds rotem Gesicht.

„Das tut nichts zur Sache."

Nach einer kurzen Denkpause schlug sich Alfred kurz vor die Stirn. „Dat hatt' ich ja völlig vergessen! Da müssen die mich just dann gesehen haben, als ich so einem dahergelaufenen Kerl erklärt habe, dass er mir die Sicht versperrt. Dat kann schon so'n Ausländer gewesen sein."

Karlo war überrascht, mit welcher Dreistigkeit ihm hier eine Lüge nach der anderen aufgetischt wurde.

„Da ist noch was."

Manfred wurde es langsam zu viel. „Mensch Karl, jetzt mach aber mal 'n Punkt! Ist dat 'n Verhör, oder wat? Ich dachte, du warst früher so 'n Managerheini und kein Polizist!"

Karlo ignorierte die letzte Bemerkung seines Dirigenten. „Ich weiß aus sicherer Quelle, dass sich Herr Flavio Mantova einmal mit eurer Mutter unterhalten hat. Bei dieser Unterredung hat er ihr ein Foto gezeigt, das sie ziemlich bewegt haben muss."

„Wat für'n Foto?"

„Das hier." Karlo zog das Bild aus seiner Hosentasche.

Manfred und Alfred warfen einen flüchtigen Blick darauf. „Wer soll dat sein?"

„Der Erste war der Vater von Franco Rossi, der sich soeben verabschiedet hat. Der Mann in der Mitte war Enrico Mantova, der Vater meines Gasts und der Dritte hieß Francesco Pace. Wie es aussieht, haben die drei vor knapp sechzig Jahren zusammengearbeitet und zwar auf diesem Hof."

„Woher willst du dat denn wissen?", fragte Manfred mit

schneidender Stimme.

„Das habe ich herausgefunden. In der Gedenkstätte gibt es ein paar Bilder zu den Bauernhöfen, bei denen damals Häftlinge im Einsatz waren.“

Nach dieser Eröffnung entstand eine kurze Gesprächspause, in der sich Alfred interessiert den Motor des Mähdreschers ansah, und Manfred nachdenklich von einem zum anderen blickte.

Als eine gefühlte Ewigkeit verstrichen war, baute sich Manfred mit verschränkten Armen vor Karlo auf: „Wenn du dat alles so wunderbar herausgefunden hast – wat willst du von uns? Is' alles verdammt lange her.“ Sein Blick war eiskalt.

Karlo wich einen Schritt zurück. Er hielt einen Moment inne, bevor er seinen letzten Trumpf ausspielte:

„Ich weiß, dass eure Mutter damals mit dem einen Italiener angebändelt hat, und was dann passiert ist.“

Kaum war dieser Satz ausgesprochen, veränderte sich die Stimmung in der Halle schlagartig. Die zuvor noch so kühl und beherrscht agierenden Brüder konnten ihre Emotionen nicht mehr zurückhalten.

Wutentbrannt riss sich Alfred vom Mähdrescher los und stürmte auf Karlo zu, der unter den Beschimpfungen einige Meter zurückwich. Manfreds Bruder brüllte mit donnernder, sich fast überschlagender Stimme:

„Du ziehst nich' den Namen der Familie Eckers durch den Dreck, du nich'. Wat geht dich dat alles überhaupt an! Du bist ja noch nich' mal 'n richtiger Vierländer! Endlich is' Gras über die ganze Sache gewachsen, und da kommt erst so 'n dreckiger Itaker daher und dann noch du, und alles wird wieder hochgekocht. Unser Großvater, der hat dat damals schon richtig gemacht. Die gehören doch alle vergast!“

Mit hochrotem Kopf stellte sich Manfred Eckers neben

seinen Bruder und drängte Karlo weiter in die Enge:

„Jetzt mal Klartext, Karlo. Wat weißt du? Wat ist dann passiert?"

Mittlerweile stark verängstigt sah Karlo von einem zum anderen. „Na alles eben. Der Italiener ist dann tot in der Jauchegrube des Hofes gefunden worden."

„Und weiter?"

„Was weiter? Ja, den Rest kann man sich doch denken, oder?"

„Denken, so so." Manfred warf seinem noch immer sehr erregten Bruder einen bedeutsamen Blick zu.

Ehe es sich Karlo versah, wurde er von Alfred gepackt und mit einem Kabel, das über dem Mähdrescher gelegen hatte, an den Händen gefesselt. Dann zerrten ihn die beiden zu einem kleinen Raum am dunklen Ende der Scheune. Als er sich wehrte, überraschte Karlo die geballte Kraft der beiden Mittfünfziger.

In dem nüchternen Raum standen lediglich ein langer Holztisch, ein Holzstuhl und ein älterer Holzschrank mit abschließbaren blindgewordenen Glastüren. An das kleine Sprossenfenster prasselte starker Regen. Alfred nahm einen langen Strick von der Wand und band Karlos Arme und Beine ziemlich brutal an den Stuhl. Manfreds Gesicht hatte eine noch rötlichere Färbung angenommen, so wie es ihm manchmal beim Dirigieren von schwierigen Passagen passierte. Seine wenigen Haare standen wirr vom Kopf ab.

Er schritt vor dem Gefesselten auf und ab.

„Tja Karl, tut mir leid, dass wir so grob sein müssen, aber einen Skandal können wir uns in unserer Stellung einfach nicht leisten. Du kennst doch die Vierländer, und wie gerne sie reden. Da ist man schnell mal unten durch."

„Die haben schon genug geredet, als wir noch klein waren und zu dritt in der Sandkiste spielten." Alfred lehnte an der gegenüberliegenden Wand. Ihm stand vor Erregung der Schweiß auf der hohen Stirn. „So, wie die immer geguckt haben!"

Karlo wurde stutzig: Zu dritt?

Da ergriff Manfred wieder das Wort:

„Unser Hans konnte froh sein, dass Vater ihm seinen guten Namen gab und ihn von Anfang an wie seinen eigenen Sohn aufnahm. Sonst wäre er so ein halbitalienischer Bastard geworden!"

Voller Verachtung stieß Alfred hervor:

„Dankbar muss der uns sein, dass er hier arbeiten kann. Alleine hätte der nie was zustande gebracht bei seinem Gestottere!"

Deshalb wollte hier keiner mit der Sprache herausrücken. Idas Verbindung zu Herrn Mantova senior war nicht folgenlos geblieben! Hans, der dunkelhaarige Mann, den er schon zusammen mit Ida auf der Bank vor dem Haus hatte sitzen sehen, war der Halbbruder von Alfred, Manfred und Flavio Mantova! Während sich das Mosaik in seinem Kopf Steinchen um Steinchen zu einem Gesamtbild zusammenfügte, wurde er sich in Anbetracht der eng geschnürten Fesseln bewusst, dass ihm diese neuen Erkenntnisse nicht viel helfen würden. Wozu waren die beiden wohl noch fähig? Manfred würde doch einem Mitglied seines Gesangsvereins kein Leid antun!

„Dieser elende Itaker hat die Ehre unserer Mutter beschmutzt! Dafür hat er damals teuer bezahlt. Und dat, wat ich dir jetzt sage, sach ich nur dir." Manfreds Augen starrten kalt auf Karlo herunter. „Als dann sein Sohn hier auftauchte, dieser dreckige Schnüffler, musste auch er für die Schandtat seines Erzeugers büßen." Aus seinem Tonfall sprach nun tiefste Verachtung. „Wat is' dat für 'n Vadder! Kaum hat er die Familie in Italien verlassen, bändelt er gleich mit einem guten deutschen Mädel an. Ich versteh' beim besten Willen nich', wieso sich sein Sohn überhaupt noch die Mühe gemacht hat, diesen Lump zu suchen. Aber dat ist seine Sache." Nach einer Pause setzte er leise nach: „Sagen wir besser … war."

Karlo konnte es kaum glauben: Das durfte doch alles nicht wahr sein! Der Vater von Flavio Mantova musste sterben, weil er Ida ein Kind angedreht hatte. Schlimm genug! Da kam nun nach über sechzig Jahren sein Sohn in die Gegend und wurde für das damalige Vergehen seines Vaters noch einmal bestraft. Nur, weil er herausgefunden hatte, was damals passiert war!

Nach einer Weile ungläubigen Verharrens sah er, wie Alfred auf einen Wink von seinem Bruder einen Schlüssel aus der Tasche zog und damit eine der Glastüren des Schranks öffnete. Unzählige Flaschen in verschiedenen Größen reihten sich darin nebeneinander. Zielstrebig nahm er eine kleine braune Flasche heraus und schüttete einen Teil des Inhalts in einen Becher, den er anschließend an Manfred weiterreichte. Aus dem Augenwinkel konnte Karlo das Etikett lesen: Mortex. Das klang ziemlich ungesund!

„So, lieber Karl, dir is' doch sicherlich klar, dat wir uns keine Mitwisser leisten können?" Ein böses Lächeln umspielte Manfreds Mundwinkel. „Um uns die ganze Angelegenheit ein wenig zu erleichtern, musst du jetzt dieses Glas mit einem großen Schluck austrinken."

„Und dann gehen wir 'ne Runde schwimmen!" Mit einem fiesen Grinsen starrte Alfred Karlo an. Pflanzengift! Mortex! Das war bestimmt das Zeug, von dem ihm Spannich erzählt hatte. Oh Gott, sie hatten dasselbe mit ihm vor! Was sollte er nur tun?

Bedrohlich nah hielt ihm Manfred das volle Gefäß vor das Gesicht. „Trink schon, kurz und schmerzlos!"

Als Karlo sich mit allen Kräften weigerte, riss der nebenstehende Alfred brutal seinen Kopf nach hinten und versuchte, ihm das Zeug mit roher Gewalt einzuflößen.

Dann ging alles ganz schnell. Wie durch einen Schleier hörte Karlo, dass eine Tür brutal eingetreten wurde und ein paar Männer mit lautem, ihm unverständlichen Gebrüll in den Raum stürzten. Innerhalb weniger Augenblicke wurde ihm klar, dass es sich bei den Gestalten um die polnischen Arbeiter handeln musste. Sie wurden von Wadek angeführt. Zwei von ihnen überwältigten Alfred und schlugen ihm den Becher aus der Hand. Zwei weitere stürzten sich auf Manfred, der alle entgeistert anstarrte.

In der Ferne waren Polizeisirenen zu hören, die immer näher kamen. Nach einer kurzen Weile stürmten mehrere Polizisten in klatschnasser Uniform die Scheune und kurz darauf auch das kleine Zimmer.

Hinter ihnen stakste schließlich ein nassgeregneter Kommissar Spannich herbei, der Karlo und seine Fesseln im ersten Moment ehrlich erschrocken, dann jedoch missbilligend ansah.

„Da haben Sie ja noch einmal Glück gehabt, dass es Frauen gibt, die sich Sorgen um Sie machen!“

Mit knappen Gesten bedeutete er seinen Untergebenen, Karlo loszubinden, den beiden Brüdern Handschellen anzulegen und sie umgehend abzuführen. Schweigend ließen Manfred und Alfred alles mit sich geschehen und vermieden es dabei standhaft, Karlo in die Augen zu sehen. In Anbetracht des Becherinhalts, der sich über den staubigen Boden ergossen hatte, blickte Karlo voller Erleichterung in das vertraute Gesicht mit der Nickelbrille.

„Herr Kommissar!“

„Alles soweit in Ordnung, Herr Kolberg?“ Für einen kurzen Moment scannte er den Raum. „Ich glaube, Sie sind mir eine ziemlich detaillierte Erklärung schuldig. Fahren Sie jetzt erst mal nach Hause und ruhen sich aus. Ich rufe Sie später an."

Karlo konnte noch gar nicht begreifen, dass er nur knapp dem Gift entkommen war. Er rieb sich die nach wie vor schmerzenden Hände und stand auf.

„Ist gut, Herr Kommissar und ... haben Sie vielen Dank."

Mit langsamen Schritten trat er in die Scheune, in der die polnischen Arbeiter zusammen mit Wadek auf ihn warteten. Karlo streckte seinem Retter die Hand hin:

„Vor allen Dingen muss ich aber Ihnen danken, Wadek. Das war Rettung in letzter Minute."

Nicht ohne einen gewissen Stolz auf dem gegerbten Gesicht drückte Wadek Karlos Hand. Er lächelte verschmitzt.

„Kein Problem. Sie müssen danken Hans. Er mich hat gerufen."

„Hans hat sie gerufen?"

„Hat gesehen, wie Chefs sie in kleine Zimmer eingesperrt."

Karlo konnte es kaum glauben.

„Was für ein Glück!"

Verlegen scharrte der Pole mit den Füßen auf dem sauber gefegten Scheunenboden. „Chefs kommen in Gefängnis?"

„Sieht ganz danach aus."

„Waren in letzte Zeit sehr böse. Viel schreien mit uns."

„Ich befürchte, ihr müsst euch nach einer anderen Arbeit umsehen."

Wadek blickte kurz nach draußen in den Regen und zuckte mit den Schultern.

„Wenn so ist, ist so. Kann man nix machen."

Als Karlo endlich die Scheune verließ, sah er seinen Sangesbruder Knut mit einem großen Regenschirm auf sich zukommen. Kurz zuvor waren seine langjährigen Arbeitgeber in Handschellen an ihm vorbei abgeführt worden.

„Wat is' denn hier los? Mensch Karl, wat machst du al wedder auf'm Hof?“

„N'abend Knut. Tja, wie es aussieht, haben deine Chefs den toten Italiener auf dem Gewissen. Mir wollten sie eine ähnliche Behandlung zuteil werden lassen.“

Knut war fassungslos.

„Wat sachst du da? Die ham den umgebracht? Du ahnst es nich'!“

Ungläubig schweigend blickten beide Männer aneinander vorbei. Nach einer Weile wurde Karlo ungeduldig.

„Knut, nix für ungut. Ich will dann mal. Wir sehen uns.“ Er ließ den verdatterten Mann stehen, um zu seinem Auto zu gehen.

Kurz vor dem Parkplatz wurde er noch einmal aufgehalten.

Der dunkelhaarige Hans stand plötzlich vor ihm. Mit schwerfälliger Stimme stammelte er:

„S… S… Sie sind f … f … ff … frei?“ Die Erleichterung war ihm körperlich anzumerken.

„Haben Sie vielen Dank! Wadek hat mir alles erzählt.“

„Er w… war mein Bruder, w… w… warum meinen Bruder? Wa… wa … rum nur?“

„Das können Ihnen nur Ihre anderen Brüder erklären, Hans.“

Sie verabschiedeten sich voneinander.

Karlos Lebensretter bewegte sich mit hängenden Schultern auf sein Haus zu. Mit versteinerter Miene empfing ihn Ida zwischen den beiden Säulen. Ihren Blick voller Bitterkeit und Enttäuschung würde Karlo lange nicht vergessen. Zögerlich wandte er sich ab, um diesen unglücklichen Ort endlich hinter sich zu lassen.

25. Aufgeklärt

Der Himmel hatte seine Schleusen weit geöffnet. Unaufhörlich prasselten gewaltige Regenmengen auf den fruchtbaren Marschboden. Als würde die Natur das Böse aus Curslack herauswaschen wollen. Die Scheibenwischer des weißen Lieferwagens arbeiteten auf Hochtouren. Das gleichmäßige Geräusch half, dass sich die Anspannung bei Karlo langsam löste. Trotzdem umklammerte er das Lenkrad mit festem Griff. Nach den Ereignissen des heutigen Abends sah er den Curslacker Deich mit anderen Augen. Die beschauliche Dorfidylle hatte für ihn einen Riss bekommen. Mit jedem zurückgelegten Meter wurde ihm umso stärker bewusst, dass er soeben nur knapp dem Tode entronnen war. Wären Hans, Wadek, die anderen Polen und auch die Polizei samt Kommissar Spannich ihm nicht zu Hilfe geeilt, hätten die Brüder Eckers eine weitere Leiche verschwinden lassen müssen!

Als er endlich auf den Zufahrtsweg des Vierländer Hofs einbog, wurde ihm klar, dass er sich seit seinem Umzug in die Vier- und Marschlande das erste Mal so richtig freute, nach Hause zu kommen. Endlich durfte er die vertrauten roten Mauern, das warme Reetdach, die grün-weiße Tür, ja selbst Peters kleine Kate wiedersehen. Dabei war er doch gar nicht lange fort gewesen!

Kaum hatte er das Auto geparkt, stürzte auch schon Gianna aus dem Hoteleingang zu ihm herüber. Zum Glück ebbte der Regen gerade ein wenig ab. Ungeduldig riss sie die Autotür auf und fiel ihm um den Hals. Karlo zog sie ganz eng an sich heran.

„Amore. Dio mio! Wo warst du nur so lange?“

„Jetzt bin ich ja da.“ Er vergrub sein Gesicht in ihrem weichen Haar.

„Ich habe den Kommissar angerufen. Zum Glück hatte ich noch seine Karte.“

„Du hast die Polizei gerufen?“

„Ja, ich habe mir Sorgen gemacht. Pastor Christian auch. War das nicht richtig?“ Ihre großen braunen Augen sahen fragend zu ihm hoch.

„Doch, doch, die kamen genau im richtigen Moment.“ Karlo wurde wieder ganz anders zumute, als er an den Becher Mortex dachte.

„Was ist denn nur passiert?“

„Lass uns reingehen, da erzähle ich dir alles.“ Er zog sie ganz fest an sich heran.

Eng umschlungen liefen sie durch den feinen Nieselregen ins Hotel.

Souverän saß Peter hinter dem Rezeptionstresen.

„Ey Alter, alles klar?“ Er raufte sich die leicht abstehenden Haare.

Meike hockte neben ihm und grüßte den Heimkehrer schüchtern: „Hallo.“

„Hallo ihr zwei!“, entgegnete Karlo gelöst. „Weiht dich Peter in die hohe Rezeptionskunst ein?“

„So’n büschen.“ Meike kicherte verlegen. „Ich hatte heute Spätdienst, da bin ich nach der Arbeit gleich rüber.“ Verliebt sah sie Peter an.

Der strahlte ein wenig verlegen zurück und erkundigte sich: „Was war'n los? Gianna hat versucht, mir so’n paar Dinge zu verklickern, aber so ganz gecheckt hab' ich die Story nich'.“

„Ist auch 'ne lange Geschichte. Die muss ich euch mal in Ruhe erzählen.“

„Wir haben Zeit, oder Mädels?“ Peter blickte von Gianna zu Meike. Beide nickten zustimmend.

„Zeit wofür?“, schaltete sich plötzlich Pastor Christian

Himmel in das Gespräch ein. Von allen unbemerkt war er hinter Gianna und Karlo zur Tür hereingehuscht.

„Sonst noch jemand?“, fragte Karlo interessiert in die Runde.

Plötzlich vernahm er hinter seinem Rücken eine vertraute Stimme. „Wat is denn hier los?“ Eine strahlende Erne stand im Hoteleingang. „Alles in Ordnung?“

„Alles bestens, Erne.“

„Karlo wollt' uns eben 'ne spannende Story erzählen. Sie kommen gerade richtig“, informierte Peter Erne.

„'Ne Geschichte?“ Ungläubig schaute sie ihren Chef an. „Dat muss warten! Erst hab' ich wat zu vertellen. Ihr ahnt es nich' ...“

„Was ist denn passiert?“ Karlo grinste. “Können Ihre Stiefmütterchen jetzt Fleisch fressen?“

„Hat Hinrich Tomaten mit Mozzarella gekreuzt?“, witzelte der Pastor.

„Nu schnackt man kein’ dumm’ Tüch hier!“ Erne war sichtlich aufgeregt. „Stellt Euch vor, wat mein Hinrich gemacht hat!“

„Na?“

„Sie war'n eben wech, Herr Kolberg. Da kommt er zu mir ins Gewächshaus. Wie der aussah! Bester Anzug, polierte Schuhe, Hut auf’m Kopp. Da sacht er zu mir: Erne, zieh dir wat Schickes an. Wir treffen uns in 'ner halben Stunde am Steg. Ich war natürlich baff. Hab' dann allens stehen und liegen gelassen, bin ins Haus, hab' mich umgezogen und dann zum Steg.“

„Im Abendkleid?“, fragte Gianna interessiert nach.

„Aber natürlich! In meinem besten Fummel mit Glitzer und Stola ...“

„Wie schön!“

„So, Hinrich also, steht unten am Steg und wartet auf

mich. Und da lag es dann: Ein silberfarbenes Boot, das über und über mit weißen Rosen geschmückt war. Eine wahre Pracht sach ich euch! Er hat dem Kahn sogar den Namen Erne gegeben!“

„Ma che bello!“, rief Gianna entzückt aus.

„Wie süß!“, ließ Meike begeistert vernehmen.

„Respekt!“, zollte Pastor Christian Himmel.

„Der verdirbt die Preise, Männer!“, ulkte Peter.

„Sie sprechen immer noch von Hinrich?“, fragte Karlo ungläubig nach.

„Wenn ich es doch sage! Also, wir sin' dann ins Boot. Zum Glück war dat noch vorm Gewitter. Ich saß auf dem blumengeschmückten Sitz. Er rudert so den Fluss runter. Plötzlich hält er unter 'ner Trauerweide an, holt eine Flasche Schampus raus, schenkt uns ein und ...“

„Und?“, fragten Gianna und Meike wie aus einem Mund.

„Da fiel es mir wie Schuppen von den Augen. Unter genau dieser Trauerweide hatte er mir damals den Antrag gemacht. Den hat er heute wiederholt!“ Eine leichte Röte überzog ihr Gesicht.

„Und von den ganzen Vorbereitungen haben Sie nichts mitbekommen?“, fragte Gianna immer noch ganz ergriffen.

„Wie hätt' ich denn da aufkommen sollen? Gewundert hab' ich mich höchstens, weil in letzter Zeit keiner in sein’ Schuppen durfte. Da hat er dat Boot angemalt. Die Blumen hat er heimlich von Putten besorgt.“

„Verstehe“, sagte Karlo schmunzelnd.

„Aber wisst Ihr dat Beste?“, meldete Erne sich wieder zu Wort.

„Na, da sind wir aber gespannt!“, ermunterte Karlo die aufgeregte Erne.

„Wo ist dieser Übermann überhaupt?“, fragte Pastor Himmel und sah sich dabei interessiert um.

„Er bringt dem Chef seine Küchenkräuter nach hinten."
„Was ist denn nun das Beste?", fragte Meike ungeduldig.
„Du ahnst es nich'! Hinrich hat sich klammheimlich für'n Volkshochschulkurs in Englisch angemeldet. Damit er endlich mal wat versteht, wenn ich englisch schnacke. Hab' ich nich' 'n dollen Mann?"
„Auf jeden Fall!", klatschte Gianna begeistert in die Hände.
„Der muss ja große Stücke auf Sie halten!", bestätigte der Pastor augenzwinkernd.
Im Hintergrund waren die Radionachrichten zu hören. Peter bat die Umstehenden um Ruhe: „Seid mal still! Da geht's um uns!"

„Das Verbrechen macht auch vor den idyllischen Vier- und Marschlanden nicht halt. Heute wurde nicht nur eine Schleuserbande für illegal eingereiste Arbeitskräfte ausgehoben, deren mutmaßlicher Chef Franco R. im Ortsteil Curslack ein italienisches Restaurant betreibt. Auch der Mord an dem tot in der Dove-Elbe aufgefundenen Italiener hat sich offensichtlich aufgeklärt. Die in den Abendstunden festgenommenen Vierländer Großbauern Alfred und Manfred E. werden verdächtigt, diesen aus bis jetzt noch unbekannten Motiven umgebracht zu haben. In letzter Minute konnte ein weiteres Opfer, der Curslacker Hotelier Karl K., durch das beherzte Eingreifen der Polizei aus ihrer Gewalt befreit werden. Und nun zum Sport ..."

„Festgenommen?"
„Schleuserbande?"
„Befreit?"
„Wat is' denn bloß passiert?" Erne wurde jäh von ihrer Wolke sieben heruntergeholt. Erschrocken sah sie ihren

Chef an.

Plötzlich klingelte das Telefon. Karlo griff nach dem Hörer, der auf dem Rezeptionstresen lag.

„Vierländer Hof, Kolberg?“

„Spannich hier. Haben Sie sich mittlerweile von dem Schreck in der Abendstunde erholt?“

„Ja, geht schon. Einen Moment Herr Kommissar …“

Er hielt die Sprechmuschel zu und wandte sich an seine Besucher: „Setzt euch doch schon mal in den Frühstücksraum. Ich komm’ dann nach.“

Nachdem alle seiner Aufforderung gefolgt waren, setzte er sich hinter die Rezeption und sprach in die Muschel:

„So. Was kann ich für Sie tun?“

„Ganz schön was los bei Ihnen, was?“ Spannich ließ ein spöttisches Lachen vernehmen. „Ich hoffe, Sie lassen sich nicht zu sehr als Held feiern! Das hätte auch bös' ins Auge gehen können.“

„Ja, ich weiß ...“, entgegnete Karlo kleinlaut.

„Ich habe eine dringende Bitte: Sie müssen mir versprechen, dass Sie in Zukunft nicht mehr auf eigene Faust ermitteln. Ihre amateurhaften Nachforschungen hätten wirklich in einem persönlichen Desaster enden können. Schließlich gehören solche Aufgaben zur Kernkompetenz der Polizei!“

Wenn Karlo so was schon hörte: amateurhaft, Kernkompetenz der Polizei - Ohne ihn hätte der Kommissar seinen Fall noch längst nicht aufgeklärt! Trotzdem gab er sich schuldbewusst.

„Geht in Ordnung, Herr Kommissar.“

„Aber, weshalb ich eigentlich anrufe: Ich brauche natürlich Ihre Aussage. Wann können Sie morgen in mein Büro kommen?“

„Wann immer Sie wollen."

„Halb neun?"

„Geht klar." Karlo dachte kurz nach. „Eine letzte Frage hätte ich da noch."

„Als da wäre?"

„Wie sieht es mit dem Restaurantbesitzer Franco Rossi aus? Inwieweit haben seine Geschäfte auch was mit den Eckers zu tun?"

„Sie können's nicht lassen, oder?" Spannich stöhnte. „Aber, was soll's, der Fall ist eh so gut wie abgeschlossen. Also, erste Nachforschungen haben ergeben, dass neben den afrikanischen Küchenhilfen unter anderem auch polnische Landarbeiter vermittelt wurden. Lohnt sich wohl in der Gegend hier."

„Und die Eckers gehörten zu seinen Abnehmern?"

„Das sieht wohl so aus. Im Moment werden noch die Arbeiter auf dem Hof vernommen."

Karlo hoffte, dass er insbesondere für Wadek bei seiner Aussage morgen ein gutes Wort einlegen konnte! Er legte auf und starrte einen Moment das Telefon an.

Da klopfte es zaghaft.

„Herein!", rief Karlo gedankenversunken.

Ein kleiner Mann mit roten Haaren sah zur Tür herein. Mit leiser Stimme fragte er: „Mister Kolberg?"

Karlo erhob sich in Zeitlupe von seinem Stuhl hinter der Rezeption. Er war verdattert.

„Yes ... Luca Pace?"

Nicht minder erstaunt bejahte der Rothaarige: „...Yes."

Auf Italienisch fuhr Karlo fort: „Endlich treffen wir uns! Ich habe so viele Fragen!"

„Scusi, entschuldigen Sie, dass ich bei Ihrem Unfall mit dem Trecker einfach weggefahren bin. Aber Sie waren so wütend und ich wusste ja damals noch nicht, was Sie mit der ganzen Sache zu tun haben."

„Von welcher Sache sprechen Sie? Warum sind Sie hier?"

Luca Pace sammelte sich kurz und fing an zu erzählen: „Vor ein paar Wochen ist Signor Mantova zum Haus meiner Familie in Arezzo gekommen. Mit einem Foto von seinem Vater, Paolo Rossi und meinem Großvater. Die Nonna war sehr aufgeregt. Sie hat ihm alles erzählt, was sie noch wusste. Dann wollte er sich auf die Suche machen. Sein erstes Ziel war eine Organisation in Trieste."

„Sind Sie ihm gefolgt?"

„Nach ein paar Tagen bat die Nonna mich, ihren Lieblingsenkel, auch nach Trieste zu fahren. Dort wurde mir erzählt, dass Signor Mantova bereits nach Neuengamme in Deutschland aufgebrochen war."

„Und warum sind Sie ihm so weit gefolgt?"

„Ich kann es Ihnen nicht erklären. Vielleicht eine Ahnung?" Traurig sah der kleine Italiener ihn an. „Leider bin ich zu spät gekommen."

Nach kurzem Schweigen sagte Karlo:„Seine Mörder konnten heute verhaftet werden."

„Si? Und wie …?"

Mit knappen Worten berichtete Karlo von seinen Erlebnissen auf dem Hof der Eckers. Vor allem interessierte Luca die Liebesgeschichte zwischen Mantova und Ida.

„Wissen Sie, ob mein Großvater auch …?"

„Ob auch er davon gewusst, und die beiden angezeigt hatte? Nein, dazu ist mir nichts bekannt."

„Ich habe im Lager leider keine Hinweise über sein Schicksal finden können ..."

Betretenes Schweigen legte sich über den Eingangsbereich des Hotels.

Karlo wurde von einer ihm bisher unbekannten Beklommenheit ergriffen und sprach in die Stille hinein:

„Schreckliche Zeit damals. Ich muss ganz ehrlich zugeben, dass sich durch die Besuche auf der Gedenkstätte mein Blickwinkel verändert hat. Vorher war es mir immer so vorgekommen, als hätte sich das alles auf einem anderen Planeten zugetragen, auf dem schlechte Schauspieler nach einem noch schlechteren Drehbuch Nazis spielten. Aber leider befand sich dieser Planet hier gleich in der Nähe."

„Ihre Generation kann ja nichts mehr dafür."

„Sie haben recht. Das, was passiert ist, kann man uns nicht mehr vorwerfen. Aber solche Gedenkstätten wie diese hier müssen uns immer wieder daran erinnern, was niemals hätte passieren dürfen."

Bevor Luca Karlos Worten noch etwas hinzufügen konnte, öffnete sich die Tür vom Frühstücksraum und Gianna trat heraus. Überrascht sah sie die beiden Männer an.

„Karlo, wo bleibst du?"

„Ich wollte gerade kommen." Er sprach auf Italienisch weiter: „Gianna, darf ich Dir Luca Pace vorstellen?"

„Angenehm." Lächelnd reichte sie ihm die Hand. „Wollen Sie sich vielleicht zu uns setzen?"

„Ich weiß nicht ...", zögerte Luca.

„Andiamo!"

Entschlossen hakte sie ihren Landsmann unter und sie gingen gemeinsam in den Frühstücksraum. Gianna drehte sich noch einmal kurz um und fragte:

„Karlo?"

„Bin gleich da!"

Unkonzentriert blätterte er in dem Reservierungsbuch und besah sich die Post. Da fiel ihm ein kleiner grauer Briefumschlag mit Sichtfenster auf, der sehr amtlich wirkte. Eilig riss er ihn auf und las die ersten Zeilen. In ihrem typisch nüchternen Amtsdeutsch teilte ihm Frau Christine Erd-

Fels mit, dass sein Antrag auf Erweiterung für zehn weitere Zimmer positiv beschieden wurde. Vorbehaltlich einer Ortsbegehung nach Fertigstellung der geplanten Objekte. Gezeichnet Klaus Prinzling.

Mit dem Brief in der Hand stürmte Karlo in den Frühstücksraum.

„Leute, heute wird gefeiert!“

„Wieso heute?“ Erne war ganz durcheinander. „Die Silberhochzeit is' erst im September!“

„Dann feiern wir heute eben schon mal vor!“ Karlo war ganz außer sich vor Glück. „Die haben endlich den Ausbau des ersten Stocks genehmigt!“

„Super!“

„Na, endlich!“

„Schampus her!“

Am Ende des aufregenden Tages saß die kleine Gesellschaft gemeinsam am Tisch und machte sich über die Aufschnitt- und Käseauswahl des Frühstücksbuffets her. Gianna übersetzte und unterhielt sich angeregt mit Luca Pace. Hinrich war mittlerweile auch zu ihnen gestoßen. Von Giannas und Meikes Bewunderung beflügelt gefiel er sich erstaunlicherweise sehr gut in der Rolle des Romantikers.

„War 'n schönes Stück Arbeit. Dat se nix spitzkriegt, meine Erne! Wat mutt dat mutt, ne!“

Alle Anwesenden hingen gebannt an Karlos Lippen, während er ausführlich von den Vorkommnissen auf dem Eckerschen Hof berichtete. Von Zeit zu Zeit sah er verstohlen zu Gianna herüber und genoss die entspannte Atmosphäre nach den ereignisreichen letzten Tagen.

Epilog - *Da capo*

„Liebe Sangesbrüder, ihr wisst ja alle, was in den letzten Tagen vorgefallen ist."

Neben verhaltenem Gemurmel registrierte Karlo einige misstrauische Blicke der Männer, die in drei Halbkreisreihen vor ihm saßen. Immerhin hatte er als Dorfneuling maßgeblich dazu beigetragen, ihren Dirigenten und alteingesessenen Vierländer Manfred Eckers hinter Schloss und Riegel zu bringen. Trotzdem ließ er sich nicht beirren und setzte nach kurzem Durchatmen seine kleine Ansprache fort:

„Wie es aussieht, müssen wir uns nach einem neuen Dirigenten umschauen. Ich hätte da einen Vorschlag zu machen."

Interessiert blickten ihn die Sänger an.

„Is' Karajan wieder auferstanden?" Nach dem ersten Schock über die Verhaftung seiner beiden Chefs war Knut wieder zu Scherzen aufgelegt. Einer von Alfreds Söhnen hatte sich bereit erklärt, die Hofgeschäfte so lange zu übernehmen, bis die Angelegenheit geklärt war.

Unbeirrt fuhr Karlo fort: „Für die Übergangszeit würde Frau Gianna Moretti, die in ihrer italienischen Heimat bereits einige Erfahrung als Chorleiterin gesammelt hat, gerne ein wenig aushelfen."

Kaum hatte er seinen Satz beendet, prasselten auch schon die ersten entrüsteten Unmutsäußerungen auf ihn nieder:

„Wat, 'ne Frau?"

„Wir ham schon genug Probleme. Da müssen wir uns nich' auch noch Frauen ins Haus holen!"

Als die Kommentare nachgelassen hatten, versuchte er, an die aufgebrachten Mitglieder seines Männergesangvereins einen letzten verzweifelten Appell zu richten:

„Leute, wir könnten es doch heute Abend einmal probeweise versuchen und dann sehen wir weiter."

Pastor Christian Himmel ließ seinen Blick über der Männerschar kreisen und murmelte mit einem spöttischen Lächeln auf den Lippen in sich hinein: „Von einer Frau nahm die Sünde ihren Anfang; ihretwegen müssen wir alle sterben."

Plötzlich nahm der Abend eine ungeahnte Wendung: Der Großgärtner Hermann stand auf und bat mit einem einzigen strengen Blick in die aufgeheizte Runde um Ruhe:

„Liebe Sangesbrüder, geben wir der Dame doch ne Chance. Lasst uns heut' mal kieken, wie's läuft. Sonst wird dat mit dem Singen auf lange Sicht nix mehr!"

Nach einigem Gemurmel unter den verschiedenen Stimmen bat Hermann um Handzeichen zur Abstimmung. Nachdem eine knappe Mehrheit dem Vorschlag zugestimmt hatte, gab Karlo Christian ein Zeichen.

Umgehend erhob sich der Pastor von seinem Platz und bat schließlich Gianna herein, die draußen an der Theke gewartet hatte. Als sie in einem hochgeschlossenen aber figurbetonten grauen Wollkleid den Raum betrat, bemerkte Karlo wie die anfängliche Skepsis der Männer in offensichtliche Bewunderung für seine neue Freundin umschlug.

Ähnlich begeistert hatte auch Karlos Vater am letzten Wochenende reagiert, als Gianna und Karlo ihn bei einer weiteren Trainingseinheit in Allermöhe besuchten. Der sonst so schroffe Mann war an dem Tag wie ausgewechselt und ließ sich sogar dazu herab, auch über andere Themen als das Rudern zu reden. Während er durch Sophie nur hindurchgeblickt und er sich auch für ihre Anekdoten aus der Marktforschung nie sonderlich interessiert hatte, schien sich Herr Kolberg senior an Gianna gar nicht satt sehen zu können. Galant hatte er ihr ins Motorboot geholfen, geduldig aber nicht ausschweifend die vollendete Rudertechnik seiner

Tochter erklärt, geradezu begeistert mit ihr über die kulinarischen Besonderheiten Italiens gefachsimpelt. Selten hatte Karlo seinen Vater derartig guter Laune gesehen.

„Sie müssen uns aber auch bald mal in Ratzeburg besuchen, Frau Gianna! Kommen Sie doch gleich nächstes Wochenende zum Kaffee. Da ist meine Frau auch wieder zurück."

„Aber da ist doch die Qualifikation, Papa", wandte Karlo ein.

„Ja stimmt, aber nur tagsüber. Dann kommen Sie eben abends zum Essen." Dieter Kolberg war dermaßen hartnäckig, dass sie nicht anders konnten, als die Einladung anzunehmen.

Nach ihrem Gang durch die Reihen drehte sich Gianna betont langsam zu den Mitgliedern des Gesangvereins Gaudi um. Ein brauner Haarreif hielt ihre dunklen Locken aus dem Gesicht. Die Hände hatte sie locker vor dem Bauch verschränkt. Mit einem offenen Lächeln begrüßte die Aushilfschorleiterin ihre neuen Schützlinge:

„Guten Abend, meine Herren!" Sie brachte das Kunststück fertig, mit einem Rundumblick alle Sänger zu erfassen. „Mein Name ist Gianna Moretti. Ich komme aus Italien, wo ich sehr lange Musik studiert habe. Wie Sie alle hier liebe ich die Musik!" Diesen Satz sprach sie voll ehrlicher Hingabe. „Ich freue mich sehr, heute Abend ein wenig mit Ihnen musizieren zu dürfen. Dafür singen wir uns am besten erst mal ein."

Auf sehr charmante Weise bat sie die Männer um ein paar Tonleitern. Dabei brachte sie es sogar fertig, dass auch die sonst notorisch Fußkranken ihre Übungen im Stehen absolvierten. Jeder wollte einen Blick auf sie erhaschen! Wie hypnotisiert hingen die Sänger an ihren Lippen. Nach einer Viertelstunde schlug sie das Liederbuch auf, das ihr Karlo angereicht hatte und stimmte das Lied „Vierländer Heimat“ an. Die ganze Probe über umspielte ein leichtes Lächeln ihr konzentriertes Gesicht. Karlo merkte bald, dass seine Freundin nicht nur ihn, sondern auch seine zuerst abwehrenden Sangesbrüder förmlich um den Finger gewickelt hatte. Nach dem letzten Stück „Am Brunnen vor dem Tore“ waren alle begeistert und klatschten anerkennend Beifall.

Gianna strahlte.

„Vielen Dank, meine Herren. Das hat doch sehr gut geklappt heute Abend. Ich bin durchaus beeindruckt von Ihren Fähigkeiten.“

Beim Hinausgehen verabschiedeten sich die Männer fröhlich. Knut und fünf weitere Herren reichten ihr sogar die Hand.

Hermann ließ es sich nicht nehmen, ihr ein Küsschen auf die Wange zu drücken. Dabei raunte er der perplexen Dirigentin zu: „Bis nächste Woche, ja?“